新 潮 文 庫

三島由紀夫を巡る旅

悼友紀行

徳 岡 孝 夫
ドナルド・キーン　著

目次

三島由紀夫を巡る旅

悼友紀行

まえがき

はからずも三島由紀夫の文学の、いくつかの風景を縫って、一つの旅をする機会に恵まれた。断っておきたいのだが、いわゆる「文学散歩」ではない。

秋たけなわのある午後、オフィスの窓辺に立って、私は「東京」を見下ろしていた。目の下に皇居の森があったが、べつだん秋の感興をそそるものではなかった。このごろの皇居の木々を遠望したことのある人はご存じだと思うが、それは、ビルと車とサラリーマンの大群によって形成される東京という機械から吐き出されてくる煙霧にかすんで、ただ灰色のくすんだひろがり以上のなにものでもない。

陰鬱（いんうつ）な森のマッスを見ながら、私は、たとえば嵯峨野（さがの）のあたりを思い、あこがれていた。

秋の日が孟宗竹（もうそうちく）の肌をつややかに濡（ぬ）らす野々宮のほとり。窓からさし込む日が弥勒（みろく）

菩薩の腕に落す二の腕のあわい影。ほおに触れかかる指のしなやかさ。あるいは奈良。飛火野の秋涼に、角切りのあとがういういしい牡鹿の軽やかな跳躍。水清い千載の秋に、古都をこころゆくばかりさまよい歩いた学生のころの逍遥のあれこれを、私は思い出していた。

ちょうどそのとき、魔法のように電話が鳴った。

大阪からの電話だった。

「ドナルド・キーンさんが女子大で講演するために奈良へ来るそうだ。もったいないような機会じゃないか。君もいっしょにこっちへ来て、旅行記でも書いたらどうだ」

「さあ、しかし、旅行記といっても……」

「これは一案なんだが、奈良の南のはずれの帯解にある山村御殿へキーンさんを引っぱり出してみるのなんかどうだろう。円照寺という、あまり知られていない尼寺だけれど、ほれ、あの三島の絶筆になった『天人五衰』の月修寺というのは、円照寺のことなんだよ」

そう聞いた瞬間、私は電気に打たれた。

文壇の消息などにはさっぱりうとい私だが、キーンさんが三島由紀夫と親交のあった人であるということくらいは知っている。あの一九七〇年十一月二十五日、市ケ谷での自決のあと、三島の書斎の机上に残されていた二通の手紙のうち一通は、キーンさん宛てのものだったということも読んだことがある。絶筆になった四部作『豊饒の海』の翻訳のことを「ぜひぜひ、よろしくお願ひします」と書かれていたその手紙は、いわば文学的な後事を、海をへだてたニューヨークに住むキーンさんという信頼できる友に託したものだった。

また、三島の死後まもなく、新聞に発表されたキーンさんの追憶の文には、三島と同行した三輪神社への取材旅行のことが書かれていた。『奔馬』の材料あつめに奈良へ行ったときのことで、キーンさんの文章は、友の死をいたむ沈んだ追悼の調子の中にもユーモアをたたえた、味のある一文だったのを記憶している。いま、降ってわいたように話が出た円照寺への旅行は、ほぼ同じ方角にある三輪神社への二人の旅の思い出を呼びさますことだろう。謎の多い自決をした三島について、キーンさんは、私の知らない話をどっさり持っているに違いない。ぜひとも奈良へ同行して、その話を聞いてみたい。もし日程が許せば、さらに二、三日、どこかへ静かな小旅行が楽しめるかもしれない。――私は、大阪からの電話の誘いに、一も二もなく応じた。

三島由紀夫という作家について、私は、どこか宙ぶらりんな気持を持っていた。彼の小説は、いくつか読んだことがある。『鏡子の家』『宴のあと』、それから『金閣寺』などが好きだった。ただ、それだけのことである。一九六七年五月、たまたま『サンデー毎日』が、一カ月半ものあいだ三島がひそかに自衛隊に入隊していたという情報をつかんだとき、その週刊誌の記者をしていた私は、主人公にインタビューすべく、南馬込（みなみまごめ）の三島邸へさし向けられた。

問　『英霊の声』で、あなたは〝人間天皇〟への幻滅を書かれました。自衛隊員たちの天皇観はどうでしたか。

三島　驚くべきほど関心がありませんでした。これには、ほんとに驚きました。しかし、いまの制度がそうさせるのか、陛下のお気持がそうさせるのか知らないが、外国使臣を羽田で迎えるときに陛下がわきに立って自衛隊の儀仗（ぎじょう）を避けられるということを聞いたとき、私は、なんともいえない気持がしました。

——このような調子の二十六項目の問答をかわした。仕事用の話が終ったあと、私はその当時、大阪で捕った外人の手形偽造団の話をし、ホストは酒棚から高価なブランデーを持出してきて、私たちは、初対面だというのに深夜までよく飲み、かつしゃべった。

二度目に会った場所はバンコクだった。一九六七年十月のことで、私が新聞社の特派員としてバンコクに赴任してから二カ月目だった。東京から電報で「三島由紀夫氏が、いま、そちらにいるはずだが、所在を確認したうえでスタンバイせよ。数日中にノーベル文学賞の発表がある」という指令を受けた。エラワン・ホテルのグリルに探し当てたとき、彼は、たまたま話し相手になっただけの、明らかにアメリカ人観光客の男に向って、まったく愚直としか思えないほどのくそまじめさで、ベトナム戦争論や日本防衛論をぶちまくっていた。

インド政府の招待で、約二週間、インド各地を歩いた帰途だったが、彼がこのようにバンコクで足踏みしているのは、明らかに日本のジャーナリズムを避けるためと思われた。東京へ帰れば、マスコミの包囲攻撃を受けて、否が応でもノーベル賞受賞の「予定談話」をしゃべらされるのにきまっている。前に一度、その予定談話をやってしまって、結局はノーベル賞を受けず、それだけに二重ににがにがしい思いをしたことのある彼は、同じ過ちを繰返すのを極度に恐れていた。（バンコク滞在のもう一つの理由は『暁の寺』の取材であった。）

彼が最終審査のためにしぼられた少数の候補者の中に入っていることはわかっていたが、文学賞選考の最終段階は遅々として進まなかった。一日おくれで届く日本の新聞を、私は、毎日、助手に持たせて、ホテルの彼の部屋まで配達させた。ひまつぶしに読むのにはアンソロジーがいいだろうと思って、バンコクへ持って行っていた私の蔵書から『和漢朗詠集』を貸した。「助かった。愛読しましたよ」と三島は言っていたが、そんなみせかけの余裕にもかかわらず、選考結果を待ちわびてイライラしている心の中は私にも察しられた。

暇と焦燥を消すため、私たちは、照りつける太陽の下をわざとタクシーにも乗らずに怪奇映画をやっているシネマまで歩き、暗闇(くらやみ)の中で筋の先取りをしながら犯人の当てっこをした。また、ある午後は、ホテルのプールサイドでハイビスカスの木蔭(こかげ)をえらんですわり、午後じゅうを語りくらした。

問　「外から見た日本」について、感想を聞かせてください。

三島　日本は、たしかにけっこうな国ですねえ。イソップじゃないけれど、夏のあいだ蟻(あり)がせっせと働いていて、片方じゃキリギリスが遊びほうけているのとおんなじでね。いまは夏がずうっと続いているわけです。日がさんさんとふり注ぎ、花は咲き乱れて……。だが冬のたくわえは絶対にしておくべきだとぼくは思う。

彼は、インドを語り、日本を語り、中国を語って飽くことがなかった。このときの対談は、二回に分けて新聞に載ったが、それは私たちの会話のごく一部分にすぎない。とにかく、時間があり余っていたのだ。夜は夜で、うまい料理屋を探してバンコクをさまよい歩いた。町にたった一軒のフランス料理屋でゆっくりと食べ、それから降るような星影のテラスにすわって、ゆっくりと会話した。時は悠然と流れ、彼も私も悠々としてはいたのだが、もちろん、そんなものは表面的な態度だけで、三島の言動のはしばしにはやりきれない焦燥があり、私のほうも、いつのまにかそれに感染してしまっていた。

彼のイライラを昂進(こうしん)させた理由の一つに『暁の寺』取材の障害があった。月光姫の住居である薔薇宮の取材を、タイ政府がどうしても許可しようとしなかったからである。日本大使館の申入れがはねつけられたので、私はタイ外務省へ行って私自身のコネクションからプッシュしてみた。それでもだめだった。薔薇宮は、そのころ「共産主義者鎮圧作戦本部」になっていて、私も何度か取材に通ったことがある。だから簡単に下りると思っていた許可がとうとう出なかった。

「うっかり外来者に見せて、共産主義者に宮殿内部の様子が洩(も)れたら困る」というのが拒否の理由だった。「ぼくが共産党に情報を流すというんですか？　ハッハッハ」

と、三島は、取材計画頓挫の中から一掬のユーモアを汲みとって哄笑した。

三度目に彼と会ったのは、海外勤務を終った私が帰国してまもない七〇年五月、三島邸の庭だった。「自民党に籍を置きながらの党批判は士道にもとる」と三島が新聞紙上で石原慎太郎を非難し、石原がそれに応えて、いわゆる士道論争が起った。論争の火つけ役にインタビューすべく、編集部員二人を連れて三島邸のベルを押した。よく晴れた日曜日だった。

「やあ、あなたとはいつも太陽の下で会う」

芝居気たっぷりのセリフとともに玄関から出てきた彼は、上半身はだかだった。私たちは日なたぼっこをしながら話し、何ページ分かの記事をつくった。

その日から彼の死に至る六カ月のあいだに、私たちはさらに二度会い、そのあとで最後の十一月二十五日には、私は三島の呼出しを受けて市ケ谷へ行き、バルコニーの上と下、数メートルをへだてて彼の演説を聞いた。決行前日に電話連絡を受け、当日の午前十一時に市ケ谷会館へ行って三島の手紙と檄を受取ったときのこと、ＮＨＫの伊達宗克氏と並んでもどかしく手紙の封を切り、パトロールカーのサイレンを聞き、最後にバルコニー上の絶叫を聞いたときのことを、私は、きのうのことのように鮮明に記憶している。なかでも「傍目にはいかに狂気の沙汰に見えようとも、小生らとしては、純粋に憂国の情に出でたるものであることを御理解いただきたく思ひます」という手紙の一節を。

ただ十一月二十五日を含めて最後の六カ月のことは、あまりにも重苦しいことが多すぎて、どうにも筆が進まない。日の当る玄関に仁王立ちになり、薫風に胸毛をそよがせてにこにこしていた人が、だんだん沈鬱になっていったさまは、思い出すだけで、こちらの気持が沈んでしまうのである。それに、あの事件が起ったときの興奮にまかせて、十一月二十五日前後の事実関係を、私は、すでにほかのところへ書いてしまった。

一つだけ、うしろめたい気持でいるのは、最後の日に市ケ谷に招かれ、手紙と檄を託されたほどであるのに、私が、三島由紀夫という人をあまりよく知らないことだった。小説家としての三島像をつかむほど彼の作品をよく読んでいたわけでもないし、演劇人としての彼に関する知識は皆無だった。わずかに何度かのインタビューと、バンコクで日がな一日語りくらした数日の記憶があるだけである。宙ぶらりんな気持とは、そのことだった。彼の死後、かえって本気になって彼の作品を読み始めているのだが、そんなときにキーンさんのようなよき解説者を得ることは願ってもないことである。

三島由紀夫の死からほぼ一年たった一九七一年十一月に、こうしてキーンさんと私は東京を発って奈良へ向った。旅ごころの発端になった円照寺を訪れ、奈良に二泊したあと、ほとんど行きあたりばったりに、倉敷、松江、津和野とたどっていき、五泊六日の旅行になってしまった。六日目に帰りついたのは京都だった。嵯峨野か修学院でも歩けば文句のないところだったが、どうしても東京へ帰らねばならない用事を持っていた私は、未練とキーンさんを京都に残して新幹線に乗った。

旅行中なにをするかについては、前もってなんの打合せもしていなかった。東京を出る二、三日前に、一度キーンさんに招かれて食事をし、無言のうちに期待をあたためあっただけである。

同行二人、旅の気まぐれに、ずいぶん雑多なことを話題にしたつもりだったが、東京に帰ってきて、さて振返ってみると、そのほとんどが三島に関係したことだったのにはびっくりした。旅行のあいだに私たちが語っていたことは、たとえ間接的にではあっても、ほとんどなに一つとして私たちの共通の友人に関係しないものはなかったのである。

いや、「語っていた」という表現は、あまり適切なものとはいえない。一介のアマチュア文学愛好家である私にくらべて、キーンさんのほうは三島文学はもとより古今東西の文学を論じてあまねき人であるから、二人のあいだには懸隔がありすぎた。多くの場合、私は、場違いの質問を発したあとはひたすら耳をすまし、キーンさんの知慧と造詣にあふれた言葉を傾聴したのだった。

従って、いざそれを文字にしてみると、対談という形にするにしては両当事者が対等でなさすぎ、旅行記にまとめるにしては話の内容が面白すぎることがわかった。歩きながら、話をしながら、私たちはキーンさんの記憶の中にある、キーンさんの内なる三島文学の風景の中へとさまよい込んでいったのである。対談、文学散歩などという範疇に入らない、なんとも風変りなエッセイになりはてたのは、そういった理由からである。

できることなら芭蕉に配する曾良というところくらいにまではいきたかったのだが、せめてもの慰めは、私たち二人が趣味のいくつかを共有していたことであろう。

文楽の話になると、キーンさんも私も、故春子大夫が好きだった。芝居は上方歌舞伎で「鶴之助がはじめて勧進帳をやったときには」という話などになると、二人とも目が輝き始めた。「どこか好きなところへ行かせてくれるならイスタンブールだ」ということになったり、マリア・カラスのプッチーニにぞっこん惚れ込んでいたりした。そんな共通点が私をわずかにふるい立たせ、一日ごとに新たな勇気をもって、このとつくにの賢人に立向わせたのである。

このへんてこりんな本に題をつけることは、私の悩みの一つだったが、この点においてもキーンさんは、融通無礙な発想力を発揮し、一夜にして「二人三島四都語録」「二人三島四都逸夢」という名案をひねり出したのだった。二人が三島の話をしながら四つの都をめぐり歩き……題名の最後の二文字が「五六」であるとまで説明することは、読者には蛇足であろうけれど。

なお、これは一九七二年一月から『サンデー毎日』に「鬼怒鳴門文学道中記」として連載されたが、こんどの上梓に当って全編に補筆修正を加えたものである。

前もって謝っておかなくてはならないことがある。それは、倉敷や松江などという愛すべき町のことを、私がこっぴどく書いたことである。この非礼は、それぞれの町でキーンさんを出迎え、案内し、歓待してくれた人々のお怒りを買うことになるだろう。いうまでもないことだが、ここに書いたのは私個人の偏見であって、キーンさんがそれに加担しておられるわけではない。そして私は、愛すべき町々が、必要以上に多くの人々に愛されようと望み、媚態を示している様子を（おそらく不必要なほど敏感に）嗅ぎつけ、反撥を覚えたのだった。いずれ神経質すぎる私の心の中にきざした不健康な偏見なのだろうけれど、それを隠しているのも不自然に思えるので、ありのままを書いただけの話である。

徳岡孝夫

『天人五衰』の尼寺

山茶花が、薄紅色の花をつけている。ドナルド・キーンさんと私は、奈良の南郊、円照寺への道を歩いていた。

農家の中庭の日だまりの中に、綿入れを着た老婆が、背をまるめている。広々とした納屋の、焼き板の塀が途絶えると、点々と稲架を立てた田の刈り跡がひらけ、遠景に瓦葺きの屋根を置いた小学校の校舎が現われた。これでも奈良市か、という風景である。

帯解子安地蔵尊——

キーンさんと私が地蔵尊の門をくぐろうとすると、突然、うしろから声がかかった。

「よーはやってなア、このお寺は、はあ」

私たちを旅人と見破ったのだろう。村の男が一人、たのみもしないのに、大声で名所解説をやり、すたすたと歩き去っていった。「はやるお寺」と聞いては興ざめである。なるほど「日本最古安産求子祈願霊場」と書いた子安講の燈籠が高々と立っているだけで、べつに見るものもない境内だった。

目ざす円照寺は、この帯解地蔵から、もう少し先である。奈良から南へ、天理市へ通じる街道を車で走って二十分ほどの距離だ。いまは奈良市に編入されているが、昔は奈良県添上郡帯解村という地名だった。

「帯解」と聞いて、すぐに連想するものがあった。それは、三島由紀夫『春の雪』にある、軍人下宿の一間での、あのひそやかなラブシーンである。

「清顕はどうやつて女の帯を解くものか知らなかつた。頑ななお太鼓が指に逆らつた。そこをやみくもに解かうとすると、聡子の手がうしろへ向つてきて、清顕の手の動きに強く抗しようとしながら微妙に助けた。二人の指は帯のまはりで煩瑣にからみ合ひ、やがて帯止めが解かれると、帯は低い鳴音を走らせて急激に前へ弾けた」

天理街道を左に折れ、小春日和の空を縦に区切る竹林を左に見ながら少し行くと、その奥に隠れるように一宇の堂がある。知る人も、たずねる人も少い、これが円照寺だ。この尼寺、別名を山村御殿ともいう。草深く、寂滅のたたずまいだが、五本線の筋塀をめぐらし、犯しがたい気品は、さすがに寺格からいえば最高の門跡寺であった。

例の十一月二十五日に書き上げられた三島絶筆の『天人五衰』は、この寺の庭、夏の日ざかりのしじまを満たす蟬の声で終る。この小説の中では、円照寺は「月修寺」という名の尼寺になっている。四部作『豊饒の海』のその一、『春の雪』に伏線が敷かれている。聡子が身を隠し、やがて得度するのが月修寺である。

「つらなる敷石の奥に玄関の見える平唐門の前で、伯爵夫人と聡子は俥を下りた」

私たちも、平唐門の前で車から降りた。門から奥は、濃い木影が落ちている。くずし市松の飛び石が真っすぐに延び、閑雅ななかにもどこかに凜としたきびしさのある、すばらしい透視だった。

実際の円照寺は、臨済宗妙心寺派に属しているが、『豊饒の海』の月修寺は、法相宗という設定になっている。

以下、〈 〉の中は、キーンさんの話である。

〈法相宗は、現在の日本には、奈良の興福寺や薬師寺、京都の清水寺のほかに、ほとんどありません。では、なぜ、三島さんは、わざわざ月修寺を法相宗の寺に指定したのか、ということが考えられます。

一つの可能性としては、東大寺の華厳宗、唐招提寺の律宗などとともに、残っている南都六宗の一つとして法相宗を紹介したかった、という気持があったのかもしれません。しかし、三島さんは、そんなことよりも、もっと法相宗そのものに魅(ひ)かれるところがあったんでしょうね。

法相宗の一番根本的な思想は、私たち人間が見るものは、すべて幻想にすぎないという考えかたなのです。全部、私たちの頭のなかにあるものにすぎない。それが、法相宗の信条です。『天人五衰』の最後の場面からみると、それは、あの小説に実にぴったりくる思想ではありませんか。

『春の雪』を書き始めたとき、三島さんが『天人五衰』の結末を、あらかじめ意識していたかどうか。それは、ぼくにもわかりません。ただ、三島さんの気持に、「すべてのことは幻想にすぎない」という意識があったのではないでしょうか。

これは、非常にニヒルなことになってきます。法相宗では、人間の知識以外にはなにもないんです。人も物も、すべて実存しないんですよ〉

キーンさんが話しているのは、『天人五衰』の終章の（そして、おそらく三島の人生の最終章の）、凄絶(せいぜつ)なまでのカタストロフィーのことである。

「……今ここで門跡と会つてゐることも半ば夢のやうに思はれてきて、あたかも漆の盆の上に吐きかけた息の曇りがみるみる消え去つてゆくやうに失はれてゆく自分を呼びさまさうと思はず叫んだ。『それなら、勲(いさを)もゐなかつたことになる。ジン・ジャンもゐなかつたことになる。……その上、ひよつとしたら、この私ですらも……』」

絶望的な疑念に自らを責めさいなんでいる本多繁邦を、そのとき、門跡の目は強く見据え、静かに最後の打撃を本多の頭上に加えるのだ。

――「それも心心ですさかい」

月修寺の書院での、長い沈黙の対座のすえにかわされるこの対話――このうえもなくむごたらしい破滅の幕切れである。『豊饒の海』の四人の主人公の実存を根こそぎ否定し、ことのついでに四人の生死を「見る」という認識者の役を与えられて生きのび、四部作の狂言を回してきたはずの本多自身の実存さえも、門跡のこの一言によっておぼつかなくなる。それは、あるいは、『豊饒の海』を読む人々までをも、深い懐疑の底へ引きずり込むものといえないだろうか。生きとし生けるものは、うるしの盆の上の息の曇りにしかすぎないのではないかという悲劇的な懐疑に、である。

月修寺の庭――「この庭には何もない。記憶もなければ何もないところへ、自分は来てしまつたと本多は思つた」（『天人五衰』）

キーンさんと私は、いま、その庭に立っている。庭の上の、木々のこずえに縁どられた空には（三島流に言えば）、いましも『天人五衰』の完結部に綴られた言葉の言霊が飛びかい、正直のところ、じっと立っているだけで、恐ろしくなってくるのだった。

それとは違う意味ではあるが、恐ろしさは、また作者のものでもあったらしい。三島自身が新聞に書いていたことを、私は円照寺の庭を望みながら思い出していた。

「実のところ、私はこの小説（『豊饒の海』）を完結させるのが怖い。一つは、それが半ば私の人生になってしまったからであり、一つは、この小説の結論が怖いのである」

〈法相宗の考えかたは、ちょうど海の波のようなものです。あったと思ったらすぐに消える。なにも証拠がないんです。波がそこにあったかどうか――それは記憶にしか残らない、まったく主観的なことになってしまうわけです。三島さんは、きっと法相宗のことを念頭に置いて『豊饒の海』を考えたものと、ぼくは思います。

臨済宗にも、もちろん、りっぱな伝統があります。『金閣寺』の中で、三島さんは、禅宗のことをくわしく書いています。公案についての深い考察もあります。また、ぼくは、三島さんが曹洞宗について勉強していたことも知っているんです。

だが、なぜ他の宗教を書かずに、あの人にとってはもっとも大切な小説の中で、法相宗を書いたのか？　奈良的な仏教の一つであるということと法相宗の唯識論の二つが、二つとも三島さんの頭の中にあったのかもしれません〉

唯識論のことは、『豊饒の海』の第三部、『暁の寺』の中で、三島自身の筆によって、くわしく説明されている。

『暁の寺』で、脇腹に三つ並んだ黒子――松枝清顕から飯沼勲へと引継がれてきた転生のしるし――を持っている人物は、タイの王族、ジン・ジャン姫である。そのジン・ジャンの故郷バンコクのことを、「『豊饒の海』創作ノート」の中で、三島は、つぎのように描写している。

「メコン川の水は土色で、さま〲の舟が通る。彼方に寝釈迦の寺の屋根が見える。川からふりむくと、暁の寺が高くそびえる。それは夕の逆光の中で黒み、その傍らに、白い象牙のやうな塔があり、中央塔の黒さが際立つ。まはりに白い塀をめぐらし、複雑きはまる山塊である。塔の右に日が沈む。前に屋根あり。前に美しき造作の塔あり」

メコンと誤って書かれているのは、バンコクを貫流するメナム・チャオプラヤ川であろう。「寝釈迦の寺」はワット・ポーだ。そして、川の西岸にそそり立つワット・アルン（暁の寺）は、バンコクという熱帯の町の、すがすがしい朝の象徴である。私はバンコクに二年半住んだことがあるので、そのすがすがしさを知っている。

ふだんは、いつも重苦しい湿気を含んでいて、ナイフを使えば、大気の一片をジェリーのように切取れるかと思うほどの南国の空も、チャオプラヤごしの早朝の火箭がワット・アルンの塔を突き刺す何分間かだけは、うっとうしさを忘れさせるのである。くまなく陶器片をちりばめた「象牙のやうな」塔が、朝の曙光を浴びてキラキラと輝くころ、サフラン色の衣をまとった僧たちは、それぞれの房を出て、托鉢にたち出て行く。朝、寺の石だたみは、はだしの足の裏にひんやりと冷たい。

　そのころ、町では、主婦たちが布施の膳をしつらえて待っている。ごはんとおかず、ときにはマンゴーやパパイヤや罐詰さえもそろえて、門の前を通りかかる僧を待つのだ。メナム支流や運河ぞいに住む家々では、各戸ごとの舟着場に布施の品々を用意して、僧の舟が漕ぎ寄せるのを待つ。けだるいバンコクに、ごくつかのま、さわやかな風の通りすぎるのが感じられる朝まだきである。

　一九六七年の秋、そのバンコクに新聞社の特派員として勤務していた私は、三島に会い、彼の口から直接に唯識論のことを聞く機会があった。三島は、インドから帰る途中で、二、三日のうちにノーベル文学賞の受賞者が発表されることになってい、ひょっとしたら、それは三島かもしれない、という状況だった。

　待つ苦しさをまぎらすためには、なによりも話し、話し続けることだった。私たちは、ホテルのプールサイドに椅子を出し、何時間も何時間もしゃべった。さざなみ一つ立たないプールの水面と、血のように赤いハイビスカスの生け垣と、サン・タン・オイルを塗りたくってデッキチェアの上に寝そべっている半裸の女たちを、昼下りの倦怠が物憂く包んでいた。

問「ヒンズー文明は個性はあるがまとまりに欠ける文明である」というのが岩村忍氏の定義ですが、賛成ですか。

三島　ヒンズーの汎神論は必ずしも多神論じゃない。神は創造者、保持者、破壊者の三つに分かれている。永遠不変の真理から三つの神格が出てくるんですよ。保持者のビシュヌは、人間を滅ぼそうとする悪とたたかうために十変化をする。仏陀は、その九番目の変身にすぎないんです。ビシュヌが十番目の変化（カルキ）をするとき、それは世界が救いがたい悪に直面するときだ。そのときビシュヌは現在の人間を救えずに世界を再創造する、ということになっている。（笑いながら）カルキで消毒するわけかな。
ビシュヌ、カリー、シバなど、それぞれの神がインドの各地でそれぞれ地域別に〝専門化〟されて信仰の対象になっている。そして、そうした世界の源流がガンジスで、そのみなもとがヒマラヤだ。人間は、死ねばみなベナレスへ行って灰になってガンジスに戻る。そうして転生、輪廻をするんです。ヒンズーイズムは、むしろ、まことに明快な世界だと思いますね。

問　恒河、つまりガンジスが、インド文明の混沌のなかに引かれた一つの座標軸というわけですか。

三島　それ以上でしょうね。生活の根ですよ。ガンジスは、インドの自然の一番中心にあって、ガンジスに対する信仰が、昔も今もインドの精神史を支配してきたんですから。人間と自然をつなぐパイプがはっきりとおっている。そのパイプがガンジスなんです。ふつうの文明社会では、このパイプが断たれていますからね。このパイプは、また、自然と超自然をつなぐものでもあるんじゃないでしょうか。

ヒンズーの世界では、人間は死ねばみな灰になってガンジスに戻ると信じられている。いや、信じられているだけでなく、インド人はその信仰に基いて行動している。遺骸はベナレスのガンジス河畔にあるガートで火葬にされ、病人は這ってでもベナレスにやってくる。輪廻の一つの輪がガンジスで完結し、ガンジスで始る。ガンジスがすべての中心にあって、人ひとりの生はただ認識されたものにしかすぎない。その接点であるベナレスを訪れたとき、三島はベナレス大学へ行って「唯識論を、英語でなんというのか」と聞いたそうだ。すると「フィロソフィー・オブ・コンシャスネス・オンリー」だと教えられたとのことで、あまりにも想像力に欠けるそのネーミングを、彼は例のワッハッハという哄笑で笑いとばしていた。

このときの対談は、もし彼がノーベル文学賞を取っていれば、おそらくはでな紙面扱いを受けたことだろう。だが、一九六七年の賞は、結局、ミゲル・アンヘル・アスツリアスというグアテマラの、日本にはあまり名の知られていない作家の獲得するところになった。

同じときのインド旅行で、三島は、カルカッタのカリー寺院へ立寄り、大母神カリーのために犠牲(いけにえ)ヤギの首が落されるところを見てきていた。そのシーンは『暁の寺』の中に活(い)かされている。『豊饒の海』の、印象的な描写の一つである。

ここ円照寺の庭には、しかし、血なまぐさいヒンズー寺院の儀式を思い起させるようなものはなにもない。ゆるやかな起伏を持った、あくまでもやさしい作庭で、文字でひとつひとつ形容もできないほどあでやかな紅葉のさまざまな翳(かげ)は、庭全体が、まるで天上からはらりと落された舞い扇のようである。

「開山の文智(ぶんち)女王さまは、後水尾(ごみずのお)天皇の第一皇女でございます。元和五年(一六一九年)のお生まれで、二十二歳のときに得度され、小庵をお建てになりました。京都の、いま修学院離宮がございます場所で……」

円照寺執事の植村武生さんの説明である。

離宮造営のため、女王は十五年後に京都を離れ、いったん大和の八島に移ったあと、寛文五年（一六六五年）に、現在の奈良市山町に転じ、円照寺の基礎が築かれた。土地の通称を山村といい、山村御殿の名は、ここから来ているわけである。

文智女王については、唐木順三『中世から近世へ』の中の「梅宮覚書」にくわしく書かれている。

「梅宮は十三歳で鷹司教平のもとに嫁いだが、四年後に離別した。理由はわからない。寛永十七年二十二歳で剃髪、翌年、円照寺を創建して門跡となられた。深如海院文智女王といふのが法名である。円照寺は修学院村にあつた。

梅宮が修学院に草庵をいとなまれたのと時を同じうして父君の後水尾院にも山荘経営の志が強く動いた。候補地の第一として、円照寺附近の地が選ばれ、ここに大規模な山荘を営まれることになつた。梅宮の円照寺は明暦二年に奈良の南八島東山に移されることになつた。それから十数年後に、再び更に南の山村に庵を移され、元禄十年、七十九歳を以てそこで歿せられた」

「大規模な山荘」というのが、ほかでもない修学院離宮のことである。離宮の創建者、後水尾天皇は、ことあるごとに権勢をかさに着て横車を押す江戸幕府に、深い憤りを抱いていた人だった。だが、一万石の並び大名扱いの皇室と、日本全国を掌握する実力者、江戸柳営とでは、その力に差がありすぎた。朝廷の外戚になろうとねらう家康は、孫娘の和子を、強引に入内させた。元和六年、和子は、長櫃五百数十荷をつらねて京に上った。婚儀に要した費用が七十万石だったといわれる。この中宮・東福門院和子と後水尾帝のあいだに生まれた皇女の興子が、のちの明正天皇である。

婚儀のとき、まだ生後一年にも満たなかった梅宮の地位は、和子の出現によって、にわかにかげの薄いものになった。彼女の母は、四辻公遠の娘の与津子、俗に「およつ御寮人」と呼ばれていた人である。梅宮には兄――つまり後水尾天皇の第一皇子もいたのだが、五歳で夭折している。唐木氏は、皇子の死について「この幼い命もまた黒い手によって消されてしまったとみるべき理由が多い」と書いている。皇統に徳川の血を混ぜようと躍起になる幕府のはかりごとによって消された、というわけである。もちろん、和子入内のほぼ一年前に生まれた皇女、梅宮の存在も、江戸の実権者たちにとっては、面白くないものにうつったことだろう。

とにかく、梅宮は、短い結婚生活にも破れ、髪をおろして、満二十歳の花のいのちを草深い庵に埋めた。尼になっても美しい人であったらしい。禅門に入ったのちの彼女に寄せた、一糸文守仏頂和尚の、恋とはいえぬほどほのかな恋文を、唐木氏の現代語訳で読むと、それがしのばれるのだ。山村御殿・円照寺の、いかにも尼宮の住居らしい典雅さと気品にまとめ上げられた庭を見ていると、あわれな開山の秘話が思い出されてならない。

開山から数えて十世の現門跡に至る円照寺の法流は、ほとんど皇女で占められている。なかでも六代の文秀尼は、伏見宮家から孝明天皇の養女としてはいった人で、いわば中興である。文智女王いらい代々の門跡に受継がれてきた挿花の伝統を、山村御流として民間にひろめるのにも功績があった。

「大正十五年に、文秀尼がなくなったときは、奈良連隊の儀仗兵が立ったということでございます」と植村執事が説明をする。

天皇養女ということであれば、そのころとしては当然の敬意でもあったのだろう。それにしても山村御流――一輪の花、一本の薄を「花は野にある如くに」と心得て活ける清楚な流儀は、林中のわび住いという円照寺のたたずまいにも照応するものといえるだろう。

大書院の謁見の間には、門跡の座が西面し、堂の中は庭のわずかな照り返しを受けるだけで、薄明の中にしんかんとしている。長押の長刀は、門跡が供ぞろえして京へお出ましになるときに、女どもが手にしたものであるという。天領として三百石を賜り、五万坪の寺領を宰領した尼寺の権威である。

以下は、円照寺の前執事、中井助郎氏の思い出話である。

——三島由紀夫が初めて寺を訪れたのは、一九六五年（昭和四十年）二月二十六日のことだった（春の雪という言葉からただちに連想されるものが二・二六事件であるなら、これはまったく偶然だろうか？）。その日、円照寺の美しい庭には、まだ消え残った雪があった。

名を名乗って、きちんと挨拶（あいさつ）をした。礼儀正しい人だった。言葉や態度に、執事は、つねの訪問客にない奥床しさを感じた。一筆書いてもらえないだろうかと、画帖（がちょう）をひろげて請（こ）うた。

「私のようなものが」と、三島は、はじめのうちは固辞した。たって、とせがむと

「それでは書かしていただきましょう」と筆をとった。山茶花の枝につもった雪の下から二、三輪、赤いはなびらが見えた。

「偶々（たまたま）雪中の山茶花を見る。寺容まさにかくの如し」

三島は、折目正しい楷書（かいしょ）で、そう書いた。ほとんどの山茶花は早く散ってしまう。その年は、たまたま、おくてが残っていた。

それからも三回、三島は円照寺を訪れた。中の二回の日付を、中井執事は忘れた。最後は、死ぬ年の七月二十二日だった。暑い日ざかりだった。夏服をきちんと着ている三島の背に汗がにじんでいた。

このことは、そのまま『天人五衰』終章の本多に通じる。

「汗がワイシャツを抜けて、背広の背にまでにじんでゐるのが感じられる。暑さの汗か油汗かわからなかつた。ともあれ年老いてからこんなに汗みづくになつたことはなかつた」

かなり疲れているようだった。どうか上衣（うわぎ）をお取りくださいと、執事は再三すすめた。背広を脱ぐと、三島のワイシャツは、しとどに濡（ぬ）れていた。「実は、いま、スケッチをしてきたのです」と話していた。

三島が山本静山門跡に会ったのは、そのときである。執事は門跡の部屋まで案内していって退いた。面会は十分か二十分のものだった。

「……応待に出たのは開襟（かいきん）シャツを着た六十がらみの執事で、式台を上りかねる本多の手を引いて、八畳に六畳の次の間つきの御寝殿（おしんでん）に案内した」（『天人五衰』）

小説中と同じように開襟シャツを着ていた中井執事は、そのとき、すでに七十六歳であった。

「『豊饒の海』創作ノート」に、三度目の円照寺訪問を書きとめたらしいメモがある。

「ラストシーン
話すみ案内
○南むきの庭
南の御庭　芝生　左方に車井戸　右方に撫子の花
『今日は朝からカッコー鳴いてをりました』
庭の木々、緑にしづまり、浄土の如し
……………
◎じゆずを繰るやうな蟬の声。
日はしん〳〵と浄土の如し。
……………
何もない庭へみちびかる。記憶もなし。何もなし。ただ深閑たる夏の庭也。
何もない南の庭は　夏の日ざかりの日を浴びてしんとしてゐる」

円照寺の現門跡、静山尼は、山本実庸子爵家の出である。山本家は代々の公卿で、初代の勝忠は後水尾天皇の命で、西園寺家から別れて一家を起したと『華族大観』にある。円照寺とは深い因縁にあるわけだ。門跡は、ことし五十七歳になられるが、この人の姉は故室町公藤（元伯爵）に嫁いでいる。皇太子のご結婚式のとき、美智子さんを先導した、その恰幅の堂々さで記憶されている室町氏だ。掌典長から平安神宮の宮司に転じ、一九六五年十二月に亡くなっている。

格式の点では申し分のない寺だが、いまは門跡と、別に尼が一人、それに執事とおとこしだけのわびしさである。寺の静寂とはうってかわって、山村御流のみはますます栄え、門跡は大阪へ月に四度、京都へも四度、東京へも定期的に教授に出向く忙しい日々だという。しかし、挿花を習う人の何人が、この、三百年のあいだ竹藪の奥に隠されてきた珠玉のような名刹を訪れることだろうか。

〈法相宗は、日本でもっとも学問的な宗派の一つだったといえます。僧侶でなければ理解できないほど、むずかしいものです。真言、天台もむずかしいのですが、規模が大きいです。また、浄土宗のような、一般向けともいえる宗派なら、だれでも納得することができます。しかし、奈良仏教の特徴は、僧侶でなかったらやれなかった点です。

また法相宗の唯識論の話に戻りますが、『天人五衰』の中で、もと綾倉聡子である月修寺の門跡は、「いいえ、本多さん、私は俗世で受けた恩愛は何一つ忘れはしません。しかし松枝清顕さんといふ方は、お名をきいたこともありません。そんなお方は、もともとあらしやらなかつたのと違ひますか？」と聞くのです。清顕が実在していたのかどうか。それを考えていくだけでも、唯識論になりますね〉

清顕はもとより、すべての実存が、虚無縹渺（ひょうびょう）の間に浮かぶものになってしまうのである。唯識論というカギがなくては、あるいは『天人五衰』の謎（なぞ）は解けないのではないだろうか。

円照寺という尼寺、実は、その寂滅のたたずまいからは想像もできないような、血なまぐさい事件の舞台になったことがある。奈良の年寄りたちならまだ覚えている事件だが、昭和十年一月十一日午前零時半、つまり真冬の夜に、寺男の山下又五郎という五十歳の男が、薪割（まきわり）用のオノを振って、執事長夫妻と尼僧二人を惨殺（ざんさつ）したのだ。グロテスクな臨場感をもって書かれている当時の新聞から引用すると、こういうことだった。

「廊下伝ひに廿間（にじつけん）ほど隔てた奥の間にのがれた井坊執事長を追ひ頭に斬（き）りつけ即死せしめ、さらに悪鬼の形相物すごく隣室に就寝中の前同寺住職、宮裡仙峰尼（七八）をも一撃瀕死（ひんし）の重傷を負はせ同尼はまもなく絶命した。又五郎はさらに同寺葉帰庵ほか四ケ所に石油を注いで片つ端から放火し電話線を切断して……」（昭和十年一月十二日『大阪毎日新聞』）

もともと放蕩無頼の男だったらしい、だが、そんな男を「使ってやるのが仏の道」と、門跡が情けをかけてやったのが、かえってあだになったわけだ。山下は、同年の八月五日、大阪刑務所で死刑を執行されている。裁判、処刑がすみやかに行われたのは、円照寺の格式、皇室への関係をおもんばかったものであろうか。それから三十年余を経て、いまは歳月に血のにおいを洗い流された円照寺の庭である。「四人殺し」も、清顕の生涯と同様、あったかなかったかさえさだかでない淡い記憶の中へまぎれてしまいそうである。

話を『豊饒の海』に戻そう。『天人五衰』が単行本になってから、はや二年以上の時間がたとうとしている。しかし、三島のこのライフワークとでもいうべき小説についての本格的な評価は実に寥々たるものである。なぜ、これほどの問題作が、と理解に苦しむ。

〈あれは、三島さんが死ぬ年の九月でした。ぼくと二人で、六本木の本屋に入って行くと、『暁の寺』の広告が大きく出ていました。三島さんは、とても喜んでいましたが「書評は一つも出ていない」と、寂しそうでした。

信じられないことですが、日本ほど文芸雑誌の多い国はありません。週刊誌や新聞にも、書評はあふれています。だのに、どうして日本のもっとも高名な作家の最近作の書評が書かれないのでしょう。

やはり、みんな、なんとなく不安を感じていたからでしょう。二、三流の作家の作品なら、けなしてもほめても、時とともに忘れられてしまうかもしれません、書評も作品そのものも。しかし、一流の作品についてとんでもないことを書けば、のちのちまで記憶されるんです。

三島さんは、非常に博識でした。日本の伝統を知悉し、日本の古典文学をよく読み、そうかと思うと、主として日本語訳によってですが、西洋の文学もひろく読んでいました。それほどの知識のある人でしたから、たいていの文芸評論家は、三島さんの作品についての評価を、書きにくいと感じていたことと思います。

自己宣伝のように聞えるかもしれませんが、あの人の『近代能楽集』が文庫本になったとき、解説をしたのは、ぼくだったんです。ぼくが書いた解説は、もちろん、能についてそれほど学識のあるものではなかったのですが、三島さんはぼくに向って「キーンさんのほかに書ける人は一人もいない」と言いました。お世辞だったかもしれません。しかし、三島さんは、ほんとうにそう思っていたかもしれないんです。

小説の場合だけでなく、戯曲でもそうでした。批評家は、三島作品の本質を問題にしなかったのです。文壇の中の派閥も、きっとあったことでしょう。三島さんの作品をほめたら都合が悪いとか、そんな事情もあったことと思います。ただ、一つだけはっきりしていることは、三島さんが、日本での評判に絶望していたということです。『豊饒の海』も、あの人のはじめの考えでは、四部作が全部完結してから単行本にするつもりだったようです。だが、『新潮』に連載しても、だれも、なにも言わないわけです。三島さんに会って「よかった」でも「悪かった」でもいい、はっきりとモノを言ってくれる人がいない。がっかりし、待ちきれなくなって、『春の雪』を出し、『奔馬』を出してしまったのです。

作品が外国語に翻訳されたものについては、すぐに批評が出ましたから、三島さん、熱心に読んでいました。『禁色』の英訳が出たとき、ひどくけなされ、あの人も相当な打撃を受けたようでした。むしろ日本人にけなされることは平気でしたがね。

ぼくに向って、おそらく冗談をまじえてでしょうが、日本の批評家たちの鈍感さ、文学的なセンスのなさについて、よく物語っていたものでした。いつだったか、ある人を「あいつは日本の伝統を知らないヤツだ」と言って批判する場合もありました。ほんとうの理由は、あるいは別のところにあったかもしれませんが、「日本の伝統を知らない」ということは、少くとも三島さんにとっては、十分な理由になるものでした。

三島さん、ある意味では、自分の本が外国語訳になって、初めて価値がわかると思っていました。そうでなければ、ぼくに宛てた最後の手紙に、「(『豊饒の海』の)英訳のことよろしくお願いします」と書くわけはありません。日本の批評家は、政治的に異る意見を持っているという理由だけからでも、作品のことまでを悪く言う人がいる——そう考えていたのかもしれません〉

キーンさんとアイバン・モリス教授に宛てた三島の最後の手紙は、彼の死から五日たってニューヨークに届いた。ただ一つの心残りは、『豊饒の海』の(翻訳の)ことで……と三島は書き、「何とかこの四巻全巻を出してくれるやう、御査察いただきたく存じます、さうすれば世界のどこかから、きつと小生といふものをわかつてくれる読者が現はれると信じます」と慫慂(しょうよう)している。

とつくにの評判はいざ知らず、日本に関するかぎりでは、『豊饒の海』は、あるいは杉林の奥の尼寺のように忘れられる運命にあるのかもしれない。しかし、門前に観光バスが市をなすよりも、それはそれでかえっていいのではないか。私は、そう思いながら円照寺の庭に背を向けた。

回想の三輪明神

奈良郊外の円照寺を辞去するまえ、私は、案内の植村執事に、合歓(ねむ)の木が境内にあるかどうかと尋ねてみた。雑誌『新劇』に発表された高橋英郎(ひでお)氏（仏文学者）の三島由紀夫論の中に、『豊饒の海』についての一つの仮説が書かれていたのを私は読んだことがある。そのカギになるのが「月修寺」の合歓の木だったからである。

高橋氏の論文は、二回に分けて掲載された長いものだが、その下「優雅なる復讐(ふくしゅう)『春の雪』」の中で、大胆な仮説を提出している。

「三島は、四部作のなかで、この薄い藤色の絹に包まれた一冊の小説『春の雪』を書きたいがために、（あるいはそのカモフラージュのために！）ワーグナーばりの四部作を書いたのではないだろうか」

これが高橋氏の仮説の結論なのだが、大胆だというのは、そこに至る推理である。

『春の雪』のヒロイン、綾倉聡子には、実は「さるやんごとなきかた」に嫁いだ実在の「さる佳人」への三島の思慕が重ねられている、というのだ。

「平岡公威（注、三島の本名）は、かつてその『さる佳人』に思いを寄せ、失意を味わっていたのである。……その『さる佳人』は『さるやんごとなきかた』に嫁いだだけに、いっそう彼は傷ついた。……この平岡公威の青春の傷をいたわり、典雅な刺繍に縫い上げるのは、作家三島由紀夫の役目だった」（『新劇』七一年七月号）

そう考えさせる手がかりの一つが、高橋氏は、『天人五衰』の最終章に秘められていると言う。そのくだり――

「檜林がやがて杉林に領域を譲るあたりに、一本孤立した合歓があつた。杉の剛い葉の間にまぎれ込んだ、午睡の夢のやうにあえかな、その柔らかい葉叢が……」

門跡（というのは六十年前の聡子だ）に会うために、ただ門跡に会いたいために、渾身の力をふりしぼって月修寺の山門への道をたどる老いさらばえた本多繁邦の姿のそばに、ひともとの合歓の木がたたずんでいる。合歓の木、それは「さる佳人」が詩に詠んだ子守唄のテーマではなかったか。

「ありきたりのモデル問題ではありません。この点を解明しないことには、『豊饒の海』執筆の意図はもちろん、三島がいう〝文化概念としての天皇〟、ないしは自殺の謎（なぞ）もわからないと思うんだが」と高橋氏は言う。

『春の雪』では、聡子と洞院宮家の王子との婚儀の勅許がおりたあとになって、聡子への恋が、はじめて十九歳の清顕の心に意識されたものとして燃え上がるという筋書きになっている。軍人下宿での聡子とのあいびきも、彼女の妊娠も、すべて勅許のあとに起ったひめごとである。

合歓の木を「そっとゆすったその枝に、遠い昔の夜の調べ」とうたった「さる佳人」を聡子に、平岡公威を清顕に重ね合わせてみるのは、たしかに大胆だが、ある意味では実に蠱惑（こわく）的な仮説といえる。あるいは、たとえば歌舞伎座（かぶきざ）の幕間（まくあい）に、だれかが学習院出の新進気鋭の作家を、聖心を出たか出ないかのさるうつくしいひとに引き合わせようとはかったことがあったのかもしれない。もしか……

とにかく、私は、円照寺の境内に合歓の木があるかどうかを聞いてみた。

「ございます。参道のところに、二、三本ですが」

植村執事が、即座にそう答えた。だが、表門のすぐそばにあるはずのその木は、この季節には葉も落ちてしまって、木を見分けることのへたな都会人がいくら目をこらしても、木立ちの中でそれといい当てることはできなかった。

合歓の木は、後述するように、『豊饒の海』の中で別にもう一カ所登場するのだが、問題になるのは、やはりこの月修寺のシーンであろう。しかし、モデルになった円照寺に、ほんとうに合歓の木があるということを聞いて、私は、かえって興奮が少しさめるのを感じた。

もし円照寺に合歓がなくて月修寺にあったら、かえって作為のうらにあるものを疑いたくなるところだ。だが、合歓の木は実在するのである。試みに、東京へ帰ってから創作ノートをチェックしてみた。たしかに合歓の木は、月修寺のここに位置されている。しかし、ノートから受ける感じはごく微弱なもので、覚書きはすぐタイへの回想に向って飛躍している。ここにこうあるからそうに違いない、と、断定する材料にはならないようである。

「これ以上私は個人の問題に深入りする気はない」と書いている高橋氏にならって、私も合歓詮議(せんぎ)をこのあたりで打切ることにしたい。

旅の第一夜を、キーンさんと私は奈良ホテルに引きこもり、長い会話に費した。三島は、自分の作品が外国語訳になって初めて真の価値が定まるのだと信じていたという話。私は、その話を再び持出して、国粋的なまでに〝外国人にはわからない日本の美〟を信仰していたはずの三島にとって、これは自家撞着(どうちゃく)ではなかったか、と質問してみた。

〈もともと矛盾だらけの人だったんですよ、三島さんは。あの人は、日本文学をほんとうによく読んでいました。平安朝の文学も、実によく知っていたと断言できます。自分の小説に全然関係のない大和物語や道元禅師の書いたものなんかにも、深い知識がありましたからね。

しかし、それだけの造詣にもかかわらず、あの人は、日本の美術や仏像には、基本的には、なんの興味もなかったんです。一生に一度も、あの人は、仏像を見てきれいだと思ったことはなかったのじゃないでしょうか〉

日本的な美と関係ないものといえば、たとえば、例のロココ風の建築だといわれる非日本的な三島邸である。

〈そうです。三島さんのあのお宅には、仏像や大和絵のたぐいは、いっさいなかったでしょう。壁に掛っているのは西洋の油絵や銅版で、家具も西洋風です。日本的な雰囲気をつくるものはありませんでした。

三島さんは、ぼくによく言ってたんですが、「和食もいいんだが、どうも身につかない」とね。まあ、あの人がぼくなどといっしょに食事をするときは、ぼくのほうが日本趣味なもんだから合わせてくれましたが、そのあとで三島さんは夜おそく一人で改めてビーフステーキを食べて、それから仕事にとりかかっていたわけです。

あんなに美しい日本の文章を書きながら、日本での反響よりも外国語訳への反響のほうが大切だと考えていたことは、確かに矛盾です。しかし、ぼくの考えでは、矛盾ほどすばらしいものはないんです。矛盾のない人間は、つまらない人間じゃないでしょうか。矛盾が多ければ多いほど、その人物は面白いと言うことができます。三島さんは、まさにそうだったのです〉

翻訳が問題で、そして翻訳に対する反響をほしがっていたのなら、なぜ、三島は、わざわざ翻訳しにくいような字句を自分の小説の文章の中にまぜたのだろうか。たとえば、三島文学の、瑣末(さまつ)主義とさえいえる装飾である。無数の例の一つが、『宴のあと』に出てくる「車輪梅」「満天星(どうだん)」「竜の鬚(ひげ)」などといった植物名である。聞いてみるとはたして、この小説を翻訳したキーンさんは、まさかその一つ一つにラテン語の学名を当てて、正確さと引換えに作品の文学性を殺してしまうわけにもいかず、工夫に工夫を重ねたという。

〈おそらく、どこかの庭へ行って「あれはなんだ?」「はい、車輪梅です」といったふうな、植物にくわしい人との会話があったあとで、三島さんは、その名を知ったのでしょう。特殊な庭だということを言いたい、小説の雰囲気のためにも、それは必要だったことと思います。もちろん、ぼくも努力しました。しかし、英訳すると、原語

の美しさは完全に消えてしまうんです〉

翻訳時のそんなハンディキャップを背負っても、三島は、キーンさんの言によると、日本でよりも国際的な評価がほしかったのである。

〈それは、日本人だけじゃないんです。イタリアの作家、モラービアさんも、ぼくに同じようなことを言っていました。自分の小説がイタリアで出版されても、書評はいっさい読まない。外国語訳が出て、初めて読むんだ——と。

三島さんが、日本の批評家に絶望していたのと、おそらく同じ理由からなのでしょう。イタリアでも、きっと、いろいろ文壇の中に派閥があったり、だれそれはだれそれの弟子だとかいう複雑な人間関係があるのかもしれません。

だが、作品が外国へ持出されて「ミシマ」なり「モラービア」の名も知らない人が、三島作品、モラービア作品の翻訳を読んでほめれば、それは客観的な評価として、信じることができるわけです。

東京でオリンピックがあった年に、三島さんからぼくに宛(あ)てた手紙の中に、こんな意味のがありました。「オリンピックほどありがたいものはない。一位と二位がはっきりしているんだから」。手紙に書いてあったのはこれだけですが、ぼくの解釈はこうです——

「小説家の価値は、オリンピックの競技のように、簡明直截には測定できない。ある批評家がほめるかと思えば、別の批評家が駄作だという。だれかが百メートル競走のように、自分を一位だと認めてくれないものか」

そんな気持だったに違いないと、ぼくは思うんです〉

自分が一位だ――三島は、常に名声に嫉妬していた。自分の才能をたのむ自負があって、それは、しばしば、むき出しになっていた。「大高慢であるべし」という『葉隠』の一節を、よく引きあいに出したりもした。

彼が「師」と呼ぶ川端康成氏が、日本の作家として初めてノーベル文学賞を受賞したとき、三島は「これにまさる慶びはない」と書いた。率直な祝賀の気持を裏切るようなニュアンスは、師の受賞を祝う彼の原稿のどの行間からも汲みとることはできなかったが、それにもかかわらず、なぜか三島の失意は歴然としていた。

三島にかぎらず「アイ・アム・ナンバーワン」意識は、あるいは男たちの何十パーセントかが共有する自負の心理として、ごく初歩的な心理学によってさえ指摘できるほど、ありきたりのものかもしれない。

だが、時代は変った、というべきだろうか。現代の、少くとも日本においては、あらゆる種類の〝誇り〟を排斥するのが流行のようである。「民主主義」の一要素としての「平等」という概念が、くそまじめに解釈されるあまりに、人に上下の差別をつけるのはもちろんのこと、自分の心中深く誇りを持つことをさえ「悪しきエリート主義」であるとして擯斥する。こんな時代に、あからさまに優越感をちらつかせたり、「大高慢」をすすめることは、ハレンチきわまりない反社会的な所業なのであろう。

しかし、大工が電動カンナを重用し、鳶職が安全具を身につけて恬然とし、小説家が文章の荒廃を屁とも思わずに書き散らすというプライドなき現代だからこそ、「大高慢」は、かえって希有のこととして光彩を放つのではないだろうか。進歩的教師の愚劣な平等主義が、子供の心からプライドを追放するのに躍起になり、おとなはおとなで、社会のどんな組織の中においても、あらゆる大小英雄の〝出る杭〟の頭上に鉄槌を振下ろそうと用意おさおさ怠りない時代に、「アイ・アム・ナンバーワン」意識は、せめて一種の「悪趣味」として、珍重に値するものと私は思うのだ。

日本じゅうの作家という作家を、国立競技場のあのアンツーカーの上に立たせてみる。号砲一下……だれが一位で、だれが二位で、だれが小説家としての落伍者か？　これほど微笑をさそうキッチュ的発想があるだろうか？

事実、三島は、冬の夜明けに、たった一人で国立競技場のトラックを走ったことがある。「このときほど私が自ら『贅を尽した』と感じたことはなく、このときほど黎明を独占したと感じたこともない」（『太陽と鉄』）と書いているが、ひょっとしたら、そのときの三島は、駆けているのが彼一人でなく、観客席ががらんどうでもない競技場を想像していたのではなかっただろうか。大スタジアムを観客が埋め、もしそれが、他の作家をはるか後方に引離して独走する三島文学選手に拍手を送っていたとしたら、それこそ彼の〝贄〟は、きわまったのではなかったか。

「深夜、私は言葉を一つ一つ選び、薬剤師のやうに、微妙な秤にかけた末、調合してゐる。朝になつてやつと寝床に入ることができるのだ」（『「楯の会」のこと』）

——それだけの努力を払ってしぼり出される、装飾的な三島文学である。本人は、「私は、日本語を大切にする。これを失ったら、日本人は魂を失うことになるのである」（「日本の信条」、『蘭陵王』所収）と言っているが、実をいうと、彼の努力の中のかなりの部分は、青空のもとで繰りひろげられる文学的レースにおいて、自分が先頭に立たんがためにひねり出されたエネルギーの一エルグ一エルグではなかったのだろうか。

キーンさんは、取材行の三島と同道して奈良へ来たことがある。

〈あれは三年前（一九六八年）の夏のことです。『奔馬』の取材でした。二人でまず京都へ行き、都ホテルの中の小さい離れに泊りました。それからタクシーで大神神社まで行き、三泊したんです。神社では、巫女が踊る「杉の舞」を見て、雅楽も聞きました。すばらしい雅楽でした。三島さんは、「これこそエクスタシーだ」と言って、とても感動し、もちろん、ぼくも感動しました〉

大神神社は、俗称の三輪明神でも知られている。奈良を出て、円照寺よりさらに南へ下った桜井にある。雄大な白木造りの拝殿。しかし、本殿はない。神体は、その背後の三輪山だからである。

「……三輪山は又単に『お山』と称する。海抜四百六十七メートル、周囲約四里、全山に生ひ茂る杉、檜、赤松、椎などの、一木たりとも生木は伐られず、不浄は一切入るをゆるされない。この大和国一の宮は、日本最古の神社であり、最古の信仰の形を伝へてゐると考へられ、古神道に思ひを致す者が一度は必ず詣でなければならぬお社である」（『奔馬』）

神酒――酒には縁の深い神である。「世に酒神と称せられ、古来造酒家の尊信甚だ篤い。俗間酒鋪に往々この神社の神木、杉の葉を用ひて商標となすのはこれがためである」（『神道大辞典』）

全国の杜氏の尊崇をあつめる神社である。おまけに酒の象徴ともいえる杉の舞だ。ときは盛夏。三輪山を包む、うっそうたる木々のかげが、もっとも濃い季節である。

ところは大和。大国主神の子孫という大神(おおみわ)氏が住んだ、文字どおりの国のまほろばだ。三島でなくても、エクスタシーに酔わずにはいられない条件はそろっていたといってもいい。

〈ぼくたち、雅楽が奏せられているあいだ、じっと板の間に正座していました。やがて、神主さんが祝詞(のりと)を読んで、「三島之由紀夫……」なんとかという文句があり、その三島之由紀夫が立って、神前に榊(さかき)の枝をささげました。まあ、それまではよかったのです。しかし、しばらくすると、「コロンビア大学之キーン之ドナルド」という文句が聞えてきました。

で、しかたなしにキーン之ドナルドも立上がりました。だが、足にはなんの感じもありません。一時間の余も、板の間に正座したままだったんですからね。

ほんとうに自分が立っているのかどうかさえわかりません。だが、ぼくは、たぶん足はそこにあるだろうと思って、なんとか進み出て、榊の枝をささげましたが……。

雅楽が終ったあとのことですが、三島さんは、昭和八年ころのお宮はどうだったか、こういう建物はあったか、ああいう建物はどうなっていたかと、神主さんたちに向ってしきりに質問をしていました。また、夜になって、改めて神主さんに会い、そのときの三島さんは、なにかこのお宮について不思議なことはないか、奇跡的なできごと

はなかったかと、取材していたようでした〉

大神神社には、よく知られた神婚伝説がある。毎夜、男が娘の家へ通って来た。あるとき、娘は、男の衣のすそに糸をつけておく。男が帰ったあくる朝になってみると、糸は戸から出て三勾(みわ)（おだまき）だけが残っていた。娘が糸をたぐっていくと、三輪の社の前に出た。

神が人間の女と通じ、その縁が一本の糸によって暗示されるのである。謡曲『三輪』や、はるかに時代が下って浄瑠璃(じょうるり)の『妹背山婦女庭訓(いもせやまおんなていきん)』にまで受継がれている説話だ。

〈神主さんたちは、一生懸命に「不思議なこと」の質問に答えていたようですが、正直にいって、大部分は小説の材料になりうるような話ではありませんでした。ええ、宮司と三島さんのあいだで、むずかしい神道学のやりとりもありましたよ。

それまでは、ぼくと二人で、ご神体になっている三輪山の頂上へも登ったのですが、ある日のこと、三島さんは、「きょうは一人で歩きたい」といい出したんです。ぼくは、その気持を尊重して、一人で奈良へ出かけました。大和三山へ行ってみようかとも思ったんですが、大神神社の人々が「あれは遠くから見るほうがいい。そばへ寄ると、このごろでは、耳成(みみなし)団地や天香久山(あめのかぐやま)団地などを見ることになってしまうから」と、とめたものですから、思いとどまったというわけです。そう、三島さんについて、愉快な発見をしたのは、奈良から戻って、再びあの人と合流したときでした〉

キーンさんは、そのときの「愉快な」思い出のことを新聞に書いている。

「自然をあれほど美しく書いた三島さんが、木や花や動物の名前をほとんど知らないことを発見して私は驚いた。（大神）神社の裏山で三島さんは年寄りの庭師に『何の木か』と尋ねた。男は驚いて『マツ』と答えたが、松の種類を問われたのだろうと思ったか『雌マツと呼んでいます』と言い直した。すると三島さんは、鉛筆を片手に真顔で『雌マツばかりで雄マツがないのに、どうして子マツができるの』と聞いたものだ。

その晩にカエルのなき声が聞えると、三島さんは私に『あれは何』と聞いた。その後間もなく犬がほえたので『あれは犬ですよ』と私が言うと、三島さんは『それくらいは知っていますよ』と言って大笑いした」（七〇年十一月二十六日『毎日新聞』『日本の作家』所収）

〈なぜ雄マツがないかと聞いたとき、三島さんは、ほんとうに生真面目（きまじめ）な顔で、心から不思議そうに聞いたんです。あの人は都会っ子でしたし、それに東京だけが日本で、関西は日本じゃないという奇妙な考えかたを持っている人でもありましたから。

そうそう、大神神社では、もう一つ思い出すことがあります。

ぼくたちは、二人で、ずうっと神社の中を歩きまわったんですけれど、あそこには小さいお社が無数にあるんです。摂社というんでしょうか、このテーブルくらいの大きさのが。で、たいていの神主さんは、それを無視して、すっと通りすぎてしまうのですが、三島さんは、どんな小さなお社の前でも、必ずきちんと立止り、うやうやしそうにおじぎをしたのでした。

それを見ていて、ぼくは、内心迷いました。三島さん、はたしてあれだけ信心深いのだろうか。それとも、小説の中に出てくる昭和七、八年ころの日本の青年の気持に、完全にはいっていきたいという気持だけからああやっているのかしら、と〉

三泊の滞在で、これだけ綿密に取材された大神神社だが、『豊饒の海』の中にそれが登場するのは、巻二『奔馬』の冒頭の、ごくわずかな部分だけである。

「轟々（がうがう）たる青嵐（せいらん）の合間に、静けさが点滴のやうに滴（した）たつて来て、虻（あぶ）の飛びすぎる羽音が耳立つたりする。杉の幾多の槍（やり）の穂先に刺されたかがやかしい空。動く雲。日光の濃淡を透かした葉桜の葉叢」

このくだり、あるいは他の数カ所の表現に、取材旅行の収穫は確かに感じられる。しかし、それは実際、三泊四日の入念な現地取材を必要とするほどのものだろうか。

大神神社への旅行は、むしろキーンさんが三島の行動から察したように、昭和初年のころの青年の心に感情移入をはかりたいという三島のひそかな意図から出たものと思われる。テーブルのような小祠(しょうし)の前で、いちいち立止って礼拝をしたのも、つまりは〝行動移入〟とでもいうべきものを試みたからではなかったのだろうか。

松の木については「直径一丈(ママ)あまりの赤松や黒松が、しづかに群立つてゐる谷も見た。蔦(つた)や蔓草(つるくさ)にからまれて朽ちかけた松が、のこらず煉瓦(れんぐわ)いろの葉に変つてゐるのも見た」という描写があるきりである。ただ、三島が、「雄マツがなくて、どうして子マツができるの?」と庭師に尋ねたというエピソードを聞いたあとでは、これは微笑なしには読めないくだりである。

もっとも、奈良というのは、さすがに古い土地がらで、だれにでも、感情移入を不思議なほどすらすらと進ませてしまう妙な魔力がある。

道ばたに、初冬のうららかな日ざしを浴びている「大和クリーニング店　染色　ゆのしみぬき」などという看板を一べつしただけで、旅行者は、たちどころに何十年か昔の日本にあるかのような気がし、昔に向って〝気分移入〟してしまうのだ。

空間だけでなく、時間の中へも自由な旅行をさせてくれる、奈良という土地の神秘な霊媒性。

だが、あまりロマンチックに思いつめては、かえって思わぬ異物の混入によって触発される幻滅も大きいというべきだろう。その例の一つが、帯解で見た、とあるペンキ書きの標札で、それはさほど文化的にも見えない文化住宅の前にある、ネコのひたいのような駐車場の入口に高々と掲げられてい、その文句はこうだった。

「文化に用なき者の駐車を禁ず」

旧志賀直哉邸

この旅行が終って東京へ帰ってからまもなく、キーンさんが、小石川のある古本屋で、滝井孝作の珍しい本を見つけてきた。

昭和二十二年七月に、京都の全国書房という本屋から出た『志賀直哉対談日誌』という、薄いが大ぶりの、典雅な感じがする本で、まだページも切ってなかった。

冒頭は、奈良の話である。

「十一月二十四日。晴たり曇たり、夜雨。

奈良の志賀さんに会ひに、小林秀雄とぼくと、二人が行つた。

上高畑（かみたかばたけ）の土塀の所の、例の中の口の所明けて入ると、『仕事中面会謝絶』の貼紙（はりがみ）の字に向いて、ぼくは一寸（ちよつと）ためらつた。上つて行くと裏庭の方から志賀さんは『おう』とぼくらを見て、そして、南向きの椅子（いす）の部屋で三人は向合つた」

この「十一月」というのは昭和十年のことで、キーンさんと私の奈良旅行は、ちょうど同じ十一月の同じころだったから、まる三十六年後ということになる。滝井のこの記述は、志賀日記の「十一月二十四日　日　滝井と小林秀雄来る、午后二人かへる。少し風邪気なり」という記載に対応している。志賀の日記によれば、滝井は、この日から五日連続、志賀邸を訪問している。「志賀さんは五十三才、髪は胡麻塩だが活々と元気がよく元気の点では些も年寄りに見えず立派だ」ったころの話である。

「兎に角、奈良は美しい所だ。自然が美しく、残つてゐる建築も美しい。そして二つが互に溶けあつてゐる点は他に比を見ないと云つて差支へない。今の奈良は昔の都の一部分に過ぎないが、名画の残欠が美しいやうに美しい。

御蓋山の紅葉は霜の降りやうで毎年同じには行かないが、よく紅葉した年は非常に美しい。五月の藤。それから夏の雨後春日山の樹々の間から湧く雲。これらはいつ迄も、奈良を憶ふ種となるだらう」（志賀直哉『奈良』）

志賀作品の中の奈良は、夏のさかりに行方不明になった飼犬を捜しに行く主人公や、ちょっと間の抜けた巨漢の画家大宮君や、洒脱な彫金師の蘭斎とその妻などのイメージがまつわりついていて、なつかしい町である。

奈良は、我孫子や尾道と並んで、志賀文学には縁の深いところで、奈良市の南東にあたる上高畑の家のことは、作品の中にもよく出てくる。

私たちは、奈良に泊っているあいだに、志賀文学のおくつきの一つ、その旧志賀邸の前まで行ってみた。

高畑は、例の十二神将像で有名な新薬師寺へ行く道の途中にあり、若草山に向って少し坂になったあたりに展開する閑静な住宅街だった。

旧志賀邸だと教えられた家は、土塀に囲まれた二百坪ばかりの屋敷で、門の前に立った位置から春日山や高円山（たかまど）がよく見えた。そっと門をくぐって庭をのぞくと、泉水は水が枯れ、庭はあまり手を入れないまま苔（こけ）むし放題で、便所の窓のそとには、題は忘れたが小品の中で見た記憶のある八ツ手が、茂るにまかせた様子で、乱雑に手をひろげていた。

門には「××健保療養所」と表札がかかっていて、家は無人（ぶにん）らしいのだが、志賀さんが住んでいた家だったという予備知識があるせいか、そこには一種形容のできない威厳に満ちた静謐（せいひつ）があり、私は、庭をのぞき見するのもこわごわだった。

こんどの旅行のあいだに、キーンさんに聞きたいと思っていたのは、まず三島由紀夫のことである。その気持がベースにあったので、いま、こうして旧志賀邸の門外に立っても、私は、知らずしらずのうちに三島と志賀さんを並べてみようとしていた。

そして、太宰治について二人が書いたものなら、並べることができるのに気づいた。

「私も（『斜陽』（太宰治）に）早速目をとほしたが、第一章でつまづいてしまつた。……貴族の娘が、台所を『お勝手』などといふ。『お母さまのお食事のいただき方』などといふ。これは当然、『お母さまの食事の召上り方』でなければならぬ」（三島由紀夫『私の遍歴時代』）

「今年になつて私は本屋から『斜陽』を貰ひ、評判のものゆゑ、読みかけたが、話してゐる貴族の娘の言葉が如何にも変なので、読み続けられず、初めの方でやめて了つた」（志賀直哉『太宰治の死』）

志賀と三島と——学習院を出たという以外には、およそなんの共通点もない両作家だが、二人がそろって津軽の斜陽地主の子が書いた文章に貴族言葉の誤りを発見しているのは、やはり学習院らしい貴族的教養というべきだろうか。晩年の太宰治が、巨匠・志賀に武者ぶりつくようなはげしさでぶつかっていった憤りようは、よく知られているところである。

ところで、太宰の貴族的な言葉遣いの誤りを指摘した三島は、その作品の中に、実にひんぱんに貴族を登場させている。貴族趣味は、三島文学の鼻もちならない一要素にまでなってしまった感がする。

〈そうです。ぼくも、いつか三島さんに聞いたことがあります。なぜ、あんなに貴族のことを書きたがるのか、と。三島さんは、私の問いに答えて、二つの矛盾するような返事をしました。

「貴族なんて、どうこう言うほどのものでもない。現代では、まったく値打ちのないものだ」と、まず、あの人は言いました。その証拠に、パチンコ屋の経営者が、自分の娘を元貴族と結婚させようと思えば、候補者はいくらでもいる、というようなことを挙げていました。三島さん、ある意味では、貴族を軽蔑(けいべつ)し、憎みさえしていたようです。学習院に通っていたころ、貴族の子にいろいろいじめられ、それが憎しみの原因になっていたのかもしれません。

それだけ憎んでいたのに、なぜ貴族を書いたのか？　それは、多くの日本人の生活に、あまりにも余裕がないことと関係があると思います。三島さんでなくても、日本の作家は、その小説の主人公に、よく小説家や画家をえらびたがるでしょう。小説家や画家は、日本では一番余裕のある、自由な生活をしている連中だから、書きやすいんです。サラリーマンを主人公にしたら、週日の午後三時にぶらりとオフィスを出て……などということは、あまりにも非現実的です。生活に余裕があって、一番〝書ける〟人々は、たとえば貴族だったわけです。

もう一つ、三島さんが貴族の生活に非常にひかれていた、ということもありました。『春の雪』の松枝侯爵のような人物は、決して三島さんの理想の人物ではなかった、といえます。趣味も悪く、自分の息子を理解することもできず……要するに俗物です。しかし、三島さんは、そんな貴族の邸宅なり生活に、非常なあこがれを感じていたんです。十九世紀風の古めかしい屋敷で、ビリヤードの部屋があり、古い油絵が壁にかかってい、衣裳だんすの中にはロンドンであつらえた背広が何十着も詰まっている。そして、そんなふうな舞台装置の中へ、女主人公がローブ・モンタントのきぬずれの音をさせながら登場する。まるで鹿鳴館のような情景が好きでした。

三島さんという人は、貴族を嫌って、同時に貴族が好きだったといえるでしょう〉

ところで、同じ学習院を出て、同じように太宰治の〝貴族的常識〟の欠如を指摘した志賀直哉と三島が、それゆえに似ているといえないのはもちろんのことであって、むしろこの二人ほど、お互いのあいだの距離が遠い一組の作家は少いのではないかと思われるのだ。

「愉快・不愉快の文学」などといわれるように、志賀さんにあっては、好悪の感情がそのまま放恣に伸び、善悪の判断にまでつながっている。三島のほうは、それとは逆に、好悪の判断に意志という助太刀を与えて、自分の感情を統御している。あるいは、緊密な構文のなかに閉じ込められた志賀文学は、まるで幾何学の定理のようにゆるぎないが、念入りに選ばれ磨き上げられた言葉の展開がつくる三島の文学は、さながら錬金術師がつくり出した摩訶(まか)不思議な液体のようである。

三島も、かつては〝小説の神様〟に、作品を読んでもらいたいと熱望した時期があったようだ。

「志賀さんはお嬢さんの学友として三島ならぬ平岡公威少年を知っていた。学習院のころいつもポストに小説と手紙を入れに行ったりしたとも話された。だが平岡の小説は夢だ、現実がない。あれでは駄目だとの意見だった」(野田宇太郎「大雪の日に」『文芸』七一年二月)

〈しかし、ぼくの記憶では、三島さんは、一度も志賀先生の話をぼくとしたことがなかったんです。だから、特別な知識は、なにもないわけですが……。

ただ、これはぼくの意見ですが、三島さんが、もし素直で真実味のある作品を書こうと思えば、書けないことはなかったんです。それは、絶対不可能なことではなかったと思います。

しかし、三島さんの場合は、いつ、どんな作品を書いても、それは必ず一種の挑戦(チャレンジ)でした。一つの小説、たとえば『仮面の告白』を書くことは書いても、その続編を書き継いで、主人公が二年後にどうなったか、なにを考えたかなどといったことは、少しも書きたくはなかったのです。他の作家であれば、『暗夜行路』のように、ずっと深いところまで追っていき、主人公が年をとるにつれて人生観が深くなるところを、もっと書きこみたいと思ったことでしょう。だが、三島さんは、「もう、こういう小説は書いた。つぎは違う小説を書こう」というわけで、絶えず前に進み、そういう意味では二度と同じ小説を書いたことはなかったんです〉

また、志賀と三島の文章のあいだにある茫漠のへだたり。三島のそれは、ロココ調というのだろう、ゴテゴテと複雑な構成を持ち、彼以外の作家のものにはない独特の味わい、においを発散している。それに反して、志賀作品では、文章からも話の展開からもアーティフィシャルなものが締出されて自然そのものであり、構成には一片の贅肉もない。

〈それとは別の問題になるかもしれませんが、三島さんは、谷崎先生を非常に尊敬していたでしょう。理由の一つは、谷崎先生が、最後まで書き続けられたことにあるのではないかと思います。それにくらべて、志賀先生の晩年には、ほとんど創作らしいものがなかったです。また、志賀、谷崎と、ほぼ同年輩の先輩を並べてみて、三島さんは、谷崎先生のほうの生活ぶり——男性的な生活、発散される獣としての男の体臭

にひかれたんじゃなかったでしょうか〉

阿川弘之によれば、志賀さんは、最後まで書きたいものがあったのだが書けなかったそうだ。こんな事情を、弟子でもない三島が知っていたとは思えないが、作家が年をとって「書けない」ほどの衰弱状態になってもまだ生き続けていることに、彼が恐怖に近い嫌悪感を抱いただろうことは想像されるのだ。

常に〝挑戦〟を選び、挑む姿勢を自らに課した三島。キーンさんは、あるとき、三島に向って「あなたは、まだ前衛小説を書いていないが」と指摘したそうだ。『美しい星』はそうじゃなかったか、というのが、質問に驚いた三島の答えだったという。

〈なるほど、『美しい星』には、前衛的な面は確かにありました。しかし、あの人は、一回しか書かなかったでしょう。ふつうの前衛作家なら、同じような傾向ないしはテーマを、何回も続けて追うのがふつうです。三島さんは、一回やって、そして「できた」のがわかったら、つぎはもう別のことをやろうという精神の持主でした。「できる」ことにたいしては興味がない。「できない」こと、とくに「だれもできない」ことにだけ関心がありました。いままで、だれ一人も書けなかったような小説を書きたかったのです。志賀先生の場合は、おそらくそういう野心とは無縁でしょう〉

野心はなかったかもしれませんがね――と、私はキーンさんに反論した。たとえば、志賀さんの『剃刀』から『清兵衛と瓢箪』『赤西蠣太』を経て『小僧の神様』に至るころの短編には、三島作品の華麗な言葉の奔流が衝突しても、びくともしない、強固な現実感がありますよ。三島文学は、とかくアーティフィシャルすぎて、と、私は顔をしかめてみせた。

　キーンさんが説明した。

〈三島さんに言わせれば、おそらく、「アーティフィシアリティーこそ芸術なんだ」と言ったことでしょう。芸術は写真と違うんです。ちょっとヘンなたとえになりますが、志賀先生の理想は、きっと「水一杯」といったものではなかったかと思います。まったく透明で、コップに水がはいっているかいないかわからない。それほどきれいなコップに、きれいな水を汲む。だが、三島さんは、もっと複雑な飲みものを人々に飲ませたかったのでしょう〉

　カットグラスの中に、えもいわれぬ色を持ったカクテルを盛りたかった。三島は、それがバーテンダーの腕だと言いたかった、というわけである。

　透明な水と、まばゆいばかりのカクテルの違いだろうか。いや、志賀と三島のあいだの距離を、なによりも雄弁に物語っているのは、志賀日記の大正元年にあるつぎの記入に代表される志賀さんの「死」への視点ではなかったか、と私は思う。

「九月十四日 土
乃木さんが自殺したといふのを英子からきいた時、馬鹿な奴だといふ気が、丁度下女かなにかゞ無考へに何かした時感ずる心持と同じやうな感じ方で感じられた。
九月十五日 日
乃木さんの死は一つのテンプテェーションに負けたのである」

「日本的な美」の一つの表象としての自決という行為を高く評価していた三島は、きっと、こんな冷厳な断定にがまんがならなかったことと思われるのだ。

キーンさんは、著書『日本文化論』（原題はLandscapes and Portraits）の中で、日本の美学の特色を四つ挙げている。suggestion（暗示）、irregurality（不均整）、simplicity（簡浄）、perishability（滅び）の四つである。だが、と私は聞いた。たとえば三島は、この四つの条件に、ことごとく適合しない作家ではないのですか？

三島文学には、つつましやかな暗示のかわりに絢爛があった。不均整のかわりにシンメトリーがあった。たとえば、『サド侯爵夫人』と対をなすために、わざわざ『わが友ヒットラー』が書かれねばならなかったほどではないか。そして、簡浄さのかわりには、ゴテゴテと手のこんだ装飾的な文体があったし、滅びの美学のかわりには

「ぼくは来世など信じない」と公言していた現世主義があった。これでも、三島は日本的な作家といえるのか？

〈日本の美学を、ぼくは確かに四つの特色に分析しました。しかし、同じ原稿の中で、「逆もまた真実である」と書いています。

日本の舞台芸術には、能もあれば歌舞伎もあるんです。歌舞伎は絢爛豪華で、さきの四つの特色とはまったく違うのですが、だからといって、歌舞伎は日本的でないとはいえません。三島さんは、どちらかというと、歌舞伎的なことが好きでした。歌舞伎からの影響は、相当強かったと思います。

ぼくは、三島さんといっしょに、何回か歌舞伎を見ました。能へも行きました。あの人は、『近代能楽集』を書いたくらいで、それほど能が好きだったのですが、実は『近代能楽集』は、能の構造や空間、時間の使いかたについては伝統を守ったが、それは能の約束を借用しただけのことで、あとは登場人物はじめ、すべてが現代です。

それに反して、歌舞伎になった同じ三島さんの『椿説弓張月』は、もし、だれかが、その舞台を指さして「これは二百年前の作品だ」と言っても、ちょっとわからなかったことでしょう。三島さんは、それほど歌舞伎的な雰囲気の強い人だったんです。

なるほど、三島さんには、日本的でない一面もなくはなかった。しかし、そうかと

いって『天人五衰』の最後の場面——あれは、西洋の作家では、ちょっと書けそうにない場面だと思います〉

歌舞伎的な雰囲気が濃かった三島由紀夫だという。私は、もう少しくわしく聞きたいと思った。一口に歌舞伎といっても、かなり広いものである。その中で三島がとくにひかれたのは近松ものか、鶴屋南北の生世話物か、あるいは黙阿弥の濃艶だったのか。また、文士劇に出ていたころは、よく助六をやりたがっていた三島である。荒事と和事の微妙なかねあいの中に躍動する紫鉢巻の伊達者が、あるいは彼の想像力をとりこにしていたのだろうか。

〈おそらく、近松に対しては、あまり関心がなかったと思います。冗談のつもりだったんでしょうけれど、いつか、近松のぼくの英訳をもう一度、日本語に訳し直せば、近松は日本で再評価されるだろうと、あの人は言っていました。

まあ近松の原文は、現代人にはちょっとわかりにくい。かといって、現代語訳というのは、だいたいにおいてぶざまなものだというのが、三島さんの説でした。もし英訳を現代の日本語に重訳したら、近松の面白さはきっと理解されるだろう、というわけです〉

この話は、ちょっと意外だった。『国性爺合戦』がきらいで『曾根崎心中』も『冥途の飛脚』もきらいだったとしても、同じ近松の『女殺油地獄』の殺し場のあの残酷な魅力に、余人はともかく、三島ががまんしうるとは思えなかったからである。

〈あの芝居の殺しの場面は、たしかに魅力があったことでしょう。しかし、あとの場面は、それほど興味がなかったんじゃないでしょうか。与兵衛という人物は、たしかに面白いと思ったでしょうけれど〉

『女殺油地獄』の豊島屋の場、お吉が油をはかっているあいだに刀を抜く与兵衛、灯にうつる刃の光、油まみれの凄惨な立ち回りのすえに、与兵衛はお吉のとどめをさす。一個の悪の権化、ぎりぎりにまで追いつめられた〝悪い男〟のなれのはてのあわれを演じて、現延若の延二郎時代からの名演は、ちょっと比類のないものと私は思っていたし、三島も彼の舞台を見たに違いないけれど……。しかし、与兵衛のことは後に詳述することにしよう。

〈歌舞伎で、三島さんが好きだったのは、むしろ近松半二のような後期の浄瑠璃でした。『冥途の飛脚』（近松）よりは、たとえば『傾城恋飛脚』（菅専助）のように、改作ものの浄瑠璃だったようです〉

『傾城恋飛脚』の新口村の段は、ちょうどこの旅行に出る前の月の国立劇場で、引退する相生大夫が語ったものだった。八十三歳になる相生（引退して相生翁）の芸は、さすが半世紀以上を浄瑠璃の世界に生きてきた人だけに、りっぱなものだったが、同じときに三島が大好きだった津大夫も出ていて、「鰻谷」（『桜鍔恨鮫鞘』）をやっていた。だが、このときの津大夫は、狂言が人に合わないのか、いたずらに豪快なばかりで、歌舞伎で「鰻谷」を当り役とする仁左衛門の舞台に、感銘は遠く及ばなかったのである。むしろ、この興行の圧巻は「俊寛」の越路大夫だったと私は思っていた。同じ公演の昼の部は、三島の『椿説弓張月』だったが、文楽の新作ものはつまらないと、ほぼ相場が決っているので、私はあえて避けたのだった。キーンさんも同じ公演を見ていて、越路大夫の「俊寛」の評価は、まったく私と同じだった。

近松などの語り物に近い浄瑠璃よりも、むしろ、出雲、半二などの演劇的な浄瑠璃のほうに三島がより魅力を感じていたらしいことは、彼が書いたものを見てもわかる。たとえば『小説家の休暇』の中で、三島は「寺子屋」（竹田出雲、並木宗輔らの共作）を、つぎのようにほめている。

「『寺入り』のさりげない抒景的な序曲、『源蔵戻り』の圧迫感、および身替りによる劇的解放のアイロニカルな曙光、といふよりは追ひつめられた人間の賭けの行為、『首実検』の緊迫感と劇のいつはりの第一の頂点、このあとの夫婦の解放のよろこび、『千代の二度目の出』による最大の危機、及びそのどんでんがへし、『松王の二度目の出』によるその解決、悲劇の本当の頂点、『いろは送り』の静かな絶望と抒情的嗟嘆の終曲……かういふ構成の見事さは、何度見ても観客を飽きさせない」

歌舞伎にくわしかった三島には『女方』という短編がある。

新劇の若い演出家が、歌舞伎の名優たちが出演する新作の演出をまかされる。誇りの高い役者たちは、稽古のときから歌舞伎のかの字も知らないその青年を見下し、陰に陽にイヤがらせをする。ひとり立女形の佐野川万菊だけは恬淡としている。だが、実のところは、当の演出家がだれよりもハラに据えかねていたのは、ほかでもない万菊の無言の冷笑だった。表面はいかにもいんぎんで、ハイハイと演出に従っているようではあるが、心の底では「そうか、お前がそうしたいんならそうしてやろう」という態度なのである。ところが、初日の幕が上がってみると、思いがけないことには、恋をしているのは当の万菊で、やがて彼（というよりは、むしろ万菊という女）は、大胆にも青年演出家に恋を仕掛ける……

「冷艶」とか「舞台で放つ冷たい焔のやうなもの」という万菊の形容、あるいは、鏡台からふり向いてチラッと投げる悩殺の微笑が、周囲の人々に「『この人のためなら犬馬の労をとりたい』と思はせる」などというところは、この作品のモデルに違いない中村歌右衛門を形容する字句としても、また適切なものである。

しかし『女方』には、歌右衛門の端正な美とは別に、いくらかでも幕内の事情を知っている人が読めば、楽屋、いや今日の梨園で、歌右衛門がふるっているとうわさされる強大な権勢を、それとなく示唆する描写もあるのだ。歌舞伎をよく知るキーンさんも、そのことは、もとよりご存じらしく、話題が三島と歌舞伎のことになって、私が「あのモデルは、おそらく歌右衛門でしょうけれど」といってしまったはずみに、私たちは顔を見合わせて、思わずふくみ笑いをしたのだった。

〈フ、フ、フ。そうです。あれは、きっと歌右衛門でしょうね。ところで『女方』の中では、万菊の当り芸の一つが「金閣寺」(『祇園祭礼信仰記』)ということになっています。三島さん、なぜ「金閣寺」を選んだかというと、百花撩乱の中に縛られた雪姫が、足の指でネズミを描く。そんなところが好きだったからじゃないでしょうか。同じ歌舞伎でも、ちょっと腐敗した歌舞伎、ちょっと腐りかけた浄瑠璃にひかれていたんでしょうね〉

アルカイックなものより、むしろ完成し、艶が加わり、遊びが加わった爛熟の美を、三島は舞台の上に見たかったのだろう。ただ、鴈治郎や延若が演じる上方風のつっころばし――親への義理も無にできず、さりとて女への恋も捨てきれず、あいだに立ってソワソワ、ウジウジする白塗りの〝阿呆なやさ男〟は、男性的な(少くとも、そうであることを志向した）三島にとっては、耐えきれぬものだったらしい。

〈三島さんは、関西男は大きらいでしたから。宇野千代さんの『おはん』に登場するような男たちは、作品の出来不出来は別にして、あの人は毛ぎらいしていたようでした〉

三島の関西ぎらいは、たとえば、彼の新婚旅行中の記述などにもよく出てくる。そのあきらかに偏見をまじえた断定には、承服しかねる点がなくもないが、

「森田たま女史が、大阪の町中で横断歩道を横切らうとしたら、袖（そで）が引きつつて動けない、気がついてみると、二人の中年婦人が女史のきものの袖を引張つて、品評してゐる最中であつた、といふ随筆を書いてゐるが、かういふのが大阪気質なのであらう」（『裸体と衣裳』）

生涯を強い意志で貫きとおし、日々の生活の中でも、どんな障害が起っても、手帳に記入した予定表を分刻みに断固として厳守した三島にとっては、さほど深刻でもない不名誉を晴らすこともできないまま、ずるずると心中に追い込まれていく徳兵衛（『曾根崎心中』）のような上方男が、辛抱ならなかったことは、確かに想像できるのだ。

――では黙阿弥は？

〈黙阿弥は好きでした。ぼくによく言っていましたが、だいたいほかの歌舞伎では、

幕が上がって最初のうちはセリフを聞かなくてもいいが、黙阿弥だけははじめから聞かなくてはならない。セリフの一つ一つが重要だからだ。よく、そう言っていたものでした〉

芝居と三島については、私も一つ思い出すことがある。何年も前のことだが、なにがきっかけだったか歌舞伎の話になって、私がふとしたはずみに真山青果の芝居をほめたことがある。すると、三島が、驚くような熱意をこめて同意したのだった。

もう二十年も前のことになるが、旧大阪歌舞伎座時代、青果ものが不思議なほどひんぱんに上演された一時期があって、多くの場合、役者は寿海、寿三郎の両故人だった。当時でも、あまり劇評では問題にされなかったが、『清盛と西光』『大石最後の一日』などは、きわめていい出来のものに思えた。

真山青果を三島が好きだったのは、おそらく、青果もののセリフが非常に構築的、人工的なものであるからだろう。三島自身の芝居にもよく出てくる古典劇ばりの観念的、非写実的なセリフ。それを、まるで朗読しているようなさわやかなエロキューションは、さすが左団次の下で新歌舞伎を修業した寿海にして初めてこなしうるものと、感心したのを覚えている。

〈いつか「近代日本を創った百人」というテーマで『中央公論』に特集が出たことが

ります。三島さんは、その中にどうしても真山青果を入れたいとがんばり、その意見がとうとう通ったことがありました〉

キーンさんにそう聞かされて、三島が尋常一様の青果好きではなかったことを、私は、改めて確認したのだった。

あの人の「仮面」とは

旧志賀直哉邸の前から、歩いて新薬師寺へ行き、私たちは、薄暗い堂内で、ロウソクの明りの中に十二神将像を見た。

伐折羅（ばざら）大将は、剣を右手に下八双の構えである。宮毘羅（くびら）大将は咆哮（ほうこう）している。怒髪は天をつき、いましも魔物を刺そうとするところだ。かと思うと、迷企羅（めいきら）大将は、左手を高々とあげて「ナーンセンス」と叫んでいるかのようである。

新薬師寺境内の萩（はぎ）は、もう枯れはて、訪れる人かげもまばらだ。晩秋の晴れた日、平和な奈良の町の一隅で、十二神将は、なにを怒り続けているのだろうか。天平いらいの怒りの深さをはかりかねるまま、私たちは寺を出、奈良のもう一つの怒れる拠点、まなじりを決して闘争中であるらしい奈良女子大学に向った。

キーンさんは、奈良女子大で講演することになっている。

明治村へそのまま移したとしても場違いでないような古めかしい女子大の建物の正面には「沖縄批准粉砕！」のタテカンが並び、正門は封鎖されていた。もっとも、よく見ると、封鎖は単に名目だけのものであるらしく、ほんの十メートルほど離れた脇門からは、だれにも妨げられずに自由に出入りができ、私たちは阻止されることもなしに学長室に通された。そして、キーンさんの講演が始まるころには、講堂のベンチに、着ぶくれした娘たちが二百人以上も腰を下ろしていた。

講演の中で、キーンさんは「なにが日本的なのか」ということを話した。興味を持っていたテーマなので、私も学生たちにまじって熱心に聞いた。

とつくにの文化を貪欲に摂取してきた日本。そして、いつも、外国人がわれわれをどう思っているかを気にかけている日本人。だが、その半面では、日本人は現代もなお独特の神秘主義を持っている。日本人の多くは、日本が外国人に理解しがたい国であることを誇らしげに信じている。日本語はむずかしく、外国人にはとても理解できないだろうなあ、と、ひそかに自己満足にひたっている。また、事実、よほどの日本専門家にとっても、神秘で理解しにくい面がある日本文学の特異な性格。

とても面白い講演だった。

さて、話が済んで質問の時間になると、真っ先に立上がった学生が聞いた。

「あのー、キーン先生は、日本の作家では、だれが一番お好きでしょうか」

大江健三郎とか三島由紀夫とか答えれば、きっと関連質問がいくつも出たことだろう。作家が決れば、作品の好き嫌いを聞くこともできるのだ。だが、キーンさんはそっけなく「それぞれの作家について、好きな作品もあるし、嫌いな作品もあります。だから、だれが好きとはいえません」と、質問の腰を折ってしまった。学生たちは沈黙し、もうそれ以上の質問をしようとしなかった。

キーンさん、どうもちょっとそっけなさすぎるなあと、講堂の一隅で聞いていて感じたのは、どうやら私のほうが事情を知らないからであったらしい。あとで聞いたところによると、設問「先生は、だれが一番お好きですか」は、来日いらい二十年このかた、キーンさんを悩まし続けてきた質問だそうである。どんな人でも、キーンさんが日本文学を研究していると知ると、まずこの問いを発するという。

あるとき、長野県の某市で開かれた教員の研修会に、どういう風の吹きまわしか、日本に滞在中の日本文学研究者たちが招かれたことがある。そのときは、この「だれが好き」攻勢がとりわけ甚しく、たまりかねたキーンさんは、ついに質問を封じる奥の手をあみ出した。

「先生、日本の作家の中で、だれが一番お好きですか」

「はい、新古事記を書いた高橋和子です」

「は……？」

そんな作家は知りませんがね、とからんでくる人は案外に少くて、たいていは、この一発で撃退できるのが不思議なほどだったそうである。

会期のあいだに、同僚の外人講師にそれを打ち明けると、彼も同じ質問攻めに弱っているところだったので、さっそくこの名案をとりいれることにした。その日から、その講師も「やっぱり高橋和子はいい」「あの人こそ、真の意味で日本的な作家だ」などと言い始めたという。

この話は、やがて在日の日本研究家のあいだに滲透し、ついには高橋和子を熱愛するあまり、ニューヨークに帰ってからも、悪ふざけが昂じて、高橋和子の文体論や日本文学史における彼女の位置などについて論じるときがあるのだということだ。まじめ一方の女子大生の前に高橋和子を持ち出さなかったのは、まだしもキーンさん、遠慮していたとみるべきだろうか。

それにしても、だれが好きか嫌いか――考えようによっては、これは文学を〝好み〟のレベルにまで引きずり降ろすことになりかねないのではないか。講演を傍聴した私は、そう解釈して一人合点した。

以下は、講演が終ってからのキーンさんの説明である。

〈あるいは東洋の伝統といってもいいのかもしれません。人物と作品を、混同して考えるんですね。

杜甫を例にとりましょうか。杜甫が詩人として非常にすぐれていたと書く人は、もちろん少くありません。杜甫は、日本人のあいだにファンの多い詩人です。しかし、彼がどんなに国を愛していたか、どんなに家族のことを思っていたか、どんなにりっぱな人物であったか……そういうことを、彼の詩そのものについてよりも長々と書く傾向が日本では強いんです。

このような傾向は、ほとんど伝統的だといってもいい。日本人は、作品と作家を別の存在だと認めたくはないんじゃないか。ぼくはそう思いますが、どうでしょうか〉

たしかにそういう伝統はある、と私も思う。

日本という、一種の人格尊重社会の中においては、ある個人の業績というものが、ときとしては、それをなしとげた人物にそなわる人格の折り折りの表象にすぎないとされるのではないだろうか。技のうまい柔道家、あざやかに投げる柔道家よりも、自然本体にどことなく風格のただよう男のほうが尊敬されがちである。ビジネスの社会でも同様だ。世界的な技術水準を誇る超近代的な企業内部の人物登用においても、才能よりも人物のほうが重んじられることがある。

また、文学の研究家に向って「先生は、なんという作家が一番好きですか」と聞くことは、あるいは裁判官に向って「一番好きな判決はなんですか」と聞くのに似ているのではないか。実際の話、一人の人間が『金閣寺』と『万延元年のフットボール』と『砂の女』を同時に好きになることだって決して不可能ではないのだ。

〈三島さんにも、そういう面がありました。『私の遍歴時代』にも森鷗外のことが出てきますが、あの人は、ぼくに向っても、鷗外のことを「神のように尊敬する」といっていました。で、あるとき、「鷗外の作品の良し悪(あ)しが、ぼくにはよくわからない。すみませんが、三島さんが一番いいと思う鷗外のものを三つ書いてくださいませんか」と、たのんだんです。すると、三島さんが書いてくれたのは『花子』『百物語』『寒山拾得(かんざんじっとく)』の三つでした〉

三島の鷗外への傾倒ぶりは、かなりモーレツなものである。『私の遍歴時代』のつぎのくだりは、よく知られている。

「……自分が甘えてきた感覚的才能にも愛想を尽かし、感覚からは絶対的に袂別(べいべつ)しようと決心した。

さうだ、そのためには、もつともつと鷗外を読まう。鷗外のあの規矩(きく)の正しい文体で、冷たい理智で、抑へて抑へて抑へぬいた情熱で、自分をきたへてみよう」

ロダンのモデルになった数奇な女芸人、花子のことは、キーンさんも、たまたま『日本文化論』の中に書いている。鷗外の短編『花子』は、正直のところ、アマチュアである私の目で見るかぎりでは、なんということもない作品に思える。若い日本人医学士が、花子を連れてロダンの仕事場を訪れる。ロダンは、花子のヌードをスケッチしたいと申し出る。医学士は花子にいい聞かせ、花子は承知する。スケッチが終るのを待つあいだ、医学士は、ロダンの書斎でボードレールを読む。それだけ、それ以上はない話の如く(ごと)である。

『寒山拾得』も、同様に短いものだ。正体を見破られた寒山と拾得が、カラカラと笑い声を残して逃げながら「ヤツがしゃべったな」というところが印象に残るくらいのものだ。奈良へ私が持っていった新潮社刊の鷗外作品集（二巻本）を繰ってみると、わずか七ページしかない。

あの有名な『澀江(しぶえ)抽斎(ちゅうさい)』や『護持院原の敵討』ならまだしも、こんな短編をことさらにあげて、それで鷗外を「神のように尊敬する」とは、キーンさんでなくても首をかしげたくなるセリフだ。どうも不思議なような気がする。

ただ『百物語』だけは、前記の二作とは少し事情が異ってくる。

〈『百物語』の面白さは、語り手自身が鬼だということである。三島さんは、そう言いました〉

「へえ?」と、私は思わず奇声を発した。

〈そうです。鷗外は、あからさまには書いていないが、実は、ほかでもないあの語り手が鬼なのだ、というわけなんです〉

『百物語』は『花子』や『寒山拾得』より少し長い。

川開きの日に〝今紀文〟と呼ばれる飾磨屋という商人が、大勢の客を隅田川べりの舟宿に招く。「僕」として作中に登場してくる語り手もその一人で、屋形舟に乗って案内されていく。百物語というのは、集った人が一人ずつ怪談をしてはロウソクの灯を消していく。すると、百本目のロウソクが消えたときに、ほんとうのばけものが出るという趣向だ。

陰々滅々の気ただよう座敷のまん中に飾磨屋がすわっている。「僕」は、友人に連れられてそこへあいさつに行くが、飾磨屋は、ちょっとこちらを見て、黙っておじぎをしただけである。飾磨屋は、ひとえものに袴をつけ、少し前かがみになってじっとすわっている。そのうしろに、飾磨屋の思いものである芸者の太郎は、これもまた地味なかっこうをして、病人に看護婦がつきそうような気配ですわっている。

後日になって聞いた話では、飾磨屋は、百物語の途中で席を立ち、太郎といっしょに二階へ上がったということである。

「僕」も、怪談の尽きるのを待たずに途中で会場を出る。小説は、そこで終っている。鷗外らしい淡々とした筆致である。だが、もし「僕」がばけものなら——ちょっと奇想天外な仮定だが——たしかに小説全体の調子ががらりと変って、いっきょにものすごくこわくなってくる。そんな作品だ。

〈ぼくは、三島さんがあげた鷗外のもののうち『花子』を翻訳しました。いまでは、それを、いい作品だと思うようになりました。だが『花子』と『百物語』と『寒山拾得』の三つだけで、鷗外が「神のような存在」になれるものかどうか、いまでも疑問に思えてならないんです。

三島さんは、なぜ、それほどまで鷗外を尊敬したか。やはり鷗外の人物、小説家としての姿勢にあこがれをいだいていたからじゃないんでしょうか。それは、きっと、作品とはまったく別のことだったんです〉

どの作家が好き。どの柔道家が好き。あるいは、どの政治家が好きということ。近年でいえば、もっともムード色の強かった政治的選択という意味での東京都知事選において、美濃部（みのべ）と秦野（はたの）とどっちが好きか？　と質問するのに似ている。このようなムード先行の受けとめ方は、へたをすると、どうも、たいへん危険なものになりかねない。

たとえば「オレの学生時代には、ヘルマン・ヘッセを耽読したものだったなあ」といった式の述懐によく出会う。

それが若いころの読書傾向への追想という段階にとどまっているあいだはいいのだが、作品の中身が蒸発してヘッセ作品愛好という感受性の残骸だけが残り、それが成人期にまで持ちこまれて〝傾倒〟という形で固定、持続されると、甚だ不正確なことになりかねない。文学作品の好悪ならまだしも、ことによっては、非常に恐ろしいことになるかもしれない。

人格と業績の非科学的な混同、ムードという漠然としたものの混入から生まれる個人崇拝（ないしは教条主義）、あるいはもっと単純な好き嫌いが、実に多くのものを決定する。

ところで、三島由紀夫の最初の長編小説である『仮面の告白』は、病弱で感受性のみがいたずらに鋭く、男の美しい筋肉とその破壊に病的な興奮を感じていた青年期までの「平岡公威」を知るうえで、なによりも貴重な手引きである。

キーンさんは『日本文化論』の中で、『仮面の告白』の中に出てくる三島についての自伝的な情報は、完全とはいえないまでも、すべて真実である、という意味のことを書いている。だが、小説の中では、たとえばホモセクシュアルな嗜好が、あまりにも強調されすぎてはいないか。いや、そもそも〃仮面〃の〃告白〃などということ自体、矛盾ではないのか。私はそう思って、キーンさんに疑問をただしてみた。

〈世に出るまでの三島さんについて、ぼくは、とくによく知っているわけではありません。まして『仮面の告白』に描かれている年ごろのあの人のことを、なに一つ実際に知っているわけではないのです。だが、三島さんと二人で、あの作品の中の登場人物について話す機会があると、あの人は、小説とだいたい同じようなことを言っていました。

一例をあげれば、七〇年八月に、こんな話をしていました。『仮面の告白』の中に、ほら、近江という名の人物が出てくるでしょう。あの近江のことなんですが……〉

近江という少年は『仮面の告白』の中で、男らしさ、みごとな肉体の象徴という重要な役を与えられている。雪の日の朝、校庭に大きく「ＯＭＩ」と書いていたとき、また「私」が遊動円木の上で落としっこをするために近江と対決するシーンは、この長編小説の見せ場の一つである。

〈その近江が、実際に三島さんのお宅を訪ねてきたんだそうです。そのとき三島さんは、二階だったかバルコニーからだったか、玄関の見えるところで、そっとのぞいてみたと言っていました。そして、年をとった近江がみすぼらしいかっこうをしていたので、会いたくなかったのだそうです。なぜなら「当時の近江と、あまりにもイメージが違っていたからだ」と説明してくれました。

もちろん、近江のモデルは、その人ひとりじゃなかったでしょう。二、三人のイメージを合わせて、近江なる人物を合成したはずです。すべての小説家はそうします。だが、それにもかかわらず「あれは近江だった」と、はっきり指摘できる人物はいたことと思います。

別なときには「園子（『仮面の告白』の主人公の、きわめて意志的な最初の接吻の相手になる）は、実はこうこうした女性だった」と、思い出を聞かせてくれたこともあります。また、これは小さなことですが、あの小説の中には、従妹が自分を「公ちゃん」と呼ぶところがあります。これは公威の公ちゃんでしょう。ぼくが三島さんとの長い交際のあいだに聞いたかぎりでは『仮面の告白』の中のできごとは、すべて、ある意味では事実だったようです。

あの小説の中には、三島さんがずっと若いときに書いた文章が引用されているでしよう。「陵太郎の日記」という形になっています。あの文章は、たしかに中学生だった平岡公威が書いたもので、三島さんが『仮面の告白』執筆時にわざわざ中学生ふうの文体で書いたものではなかった。昔の文章を、ありのままに引用したものなんです。それから、これは、あるいは消極的な証拠にすぎないかもしれませんが、昔のことを語るとき、三島さんは、一度も『仮面の告白』の内容と矛盾するような事実を口にしたことがないのです。

ほかの人に向っては、「あの小説はパロディーだ」などと言って、真実を書いたことを否定していましたが、ぼくにたいしては一度もそんなことを言わなかった。逆に、戦後まもなく『仮面の告白』が出たころのことを思い出したとき、「この小説の主人公は、戦争中の栄養不足のため女性とうまく性的関係を持つことができなかったのだ――と解釈した批評家があのころいたが、バカなヤツだ」などと言っていたんです。

こう見てくると、『仮面の告白』は、事実に非常に近かったといえるでしょう。小説という条件があるから、もちろん事実そのままではありえません。また、事実は、小説ほど芸術的なものじゃないでしょう。しかし、三島さんの性的な傾向などについては、『仮面の告白』の記述は、すべて事実じゃなかったかと思います〉

『仮面の告白』の主人公の性的傾向、彼をひそかに戦慄(せんりつ)させた性的衝動は、作品の終幕において、まるで読者の胸にとどめを刺そうとするかのように、それまでよりも一段とあざやかな表現を与えられている。

「引締つた腕にある牡丹の刺青を見たときに、私は情慾に襲はれた。……彼は太陽の下で笑つてゐた。のけぞる時に太い隆起した咽喉元がみえた。

……私は一つのことしか考へてゐなかつた。彼が真夏の街へあの半裸のまま出て行つて与太仲間と戦ふことを。鋭利な匕首があの腹巻をとほして彼の胴体に突き刺さることを。あの汚れた腹巻が血潮で美しく彩られることを。……」

ダンスホールの中庭での沈黙の時間に若者を見たとき、これが主人公の頭の中を占領していた白昼夢だった。

〈ぼくは、いつだったか、三島さんについて論文を書いたことがあります。それは、ざっとこんな内容でした――

三島由紀夫は『愛の渇き』で完全なフィクションの世界にはいった。これは相当な進歩だった。三島は完全な小説家になったわけで、喜ぶべきことである。ただし、三島がもし『仮面の告白』と同じ傾向の作品を書き続けたなら、あるいはもっとすばらしい作品が生まれたかもしれない。

だいたい、そんな内容の論文でした。三島さんは、ぼくの意見を明らかに喜んでいませんでした。というのは、あの人は意志の強い人で、常に意志で行動していました。『愛の渇き』も、いわば意志で書いたんです。ところが、ぼくの論文が勧めるところによると、三島さんは意志を捨てなくちゃならないんですから、喜ばなかったのもあたりまえでしょうね。

とにかく、あの人は、すごく意志の強い人でした。人によって、強い意志の力を借りて、自分の夢を計画的に一つ一つ実現していったのです。人によっては、場合によっては、ごく自然に、夢がつぎつぎに成就することもあります。しかし、三島さんの場合は、不自然なこともありました。三島さん自身としては不自然には感じなかったのでしょうけれど。

まあ、あの人の夢の中で、なにか一つ現実にならなかったものがあったとすれば、それはノーベル賞だったといえます。亡くなる直前には「たとえくれることになっても断る」などと言い、はてはスウェーデンにひどい悪態をついたりしていました。あれは「自分はノーベル賞なんか断るんだ」と信じなければならない心境だったものと思われます。もう一年待ったらノーベル賞がもらえるかもしれない、などという考えがあったら、決起はできなかったでしょうから〉

意志で書いたという『愛の渇き』は、先行作品『仮面の告白』とは違って、すべての設定が、まったくの仮構である。

場所は、東京っ子の三島にとってはおよそ縁のない大阪の宝塚線沿線である。女主人公の悦子は、夫に死別して、義父の家へ帰ってきている。そこには『仮面の告白』にあった自伝的な要素はかけらもない。たくましい肉体を持った若者、三郎に寄せる悦子の愛情は、のちにかえって三郎を殺すという倒錯した行為にまで彼女を運んでいく。どう見ても、たしかに倒錯の行為はある。だが、それは完全なフィクションで、作者三島の体験に基づいた場面や心理描写は見当らないのだ。

〈だが、ある意味では、『愛の渇き』は『仮面の告白』の続編といえないこともないのです。『愛の渇き』の悦子が三郎に抱く愛情は、『仮面の告白』の主人公が、近江や、終章に出てくる名もない労働者の美しい肉体に対して感じる欲情と、本質的には同じだとぼくは思います。

悦子が三郎を愛するしるしとして、彼のからだに傷をつけるところがあるでしょう。あれは『仮面の告白』の最後の場面と共通点が多いといえないでしょうか。

筋肉のたくましいヤクザを見て、そのからだにナイフを突き刺したいという欲望に駆られる気持。それと、悦子がなんの意味もなしに三郎のからだに自分の爪（つめ）で傷をつけるのとは、実は同じ心理なのじゃないか。そう思うんですがね〉

『愛の渇き』の、あの祭りの夜のくだり——

「三郎の背中である。悦子の指は、や、日を置いた餅(もち)のやうな背中の肉の感触を味はつた。その荘厳(さうごん)な熱さを味はつた。……うしろの群衆がさらに押してきたので、彼女の爪が鋭く三郎の肉に立つた」

〈悦子が三郎を殺す場面も、同じような心理の続きじゃないでしょうか。自分が愛する人を殺すという点で……〉

つまり『仮面の告白』(一九四九年)から『愛の渇き』(一九五〇年)に移った三島は、必ずしも異質の文学的冒険を試みたのではなくて、あるいは同じ傾向の作品を、同じ線上に追っていただけだ、というわけである。

もう一度、『仮面の告白』に戻ろう。

三島の最初のという意味で記念すべき、そして三島文学の中でもっとも注目されるべき長編小説の一つであるにもかかわらず、この作品の題の〝仮面〟と〝告白〟は相互に矛盾するものではないか——という疑問をさきにあげておいた。このことを、キーンさんは、どう考えるのか。

〈あの題、ぼくは、非常に意義があるものだと思うのです。仮面——たとえば太宰治も、いつも仮面をつけて、自分が道化のような役を果たしているのだと思っていました。しかし、太宰の場合は、仮面の下に自分のほんとうの顔があったのです。もし、だれかが自分の素顔を見たら、どんなに驚くだろう、とね。だが、三島さんの場合は、仮面の意味がこれとはまったく違います〉

太宰治は〝仮面〟のことを、こう書いている。

「そこで考へ出したのは、道化でした。……自分は、この道化の一線でわづかに人間につながる事が出来たのでした。おもてでは、絶えず笑顔をつくりながらも、内心は必死の、それこそ千番に一番の兼ね合ひとでもいふべき危機一髪の、油汗流してのサーヴイスでした」(『人間失格』)

〈三島さんは違いました。あの人は、サービスのために仮面をつけたんじゃなくて、意識的にだったのです。そして、太宰と違って、仮面を自分のからだの一部分にしたいという気持が実に強かったんです。

太宰には、仮面をつけることがどんなに苦しいかという気持がありました。しかし、三島さんは、異った顔になるように自分を訓練したのです。仮面を自分のからだの一部分にし、最後には、それが仮面なのか自分のほんとうの顔なのかわからなくなってしまったのだ、と、ぼくは思うんですが〉

ことあるごとにひきあいに出される太宰と三島。この二人を同じカテゴリーの中に分類するべきだろうか、それとも逆に双極に立たせるべきだろうか。たとえば——

「現代日本の典型的な作家たちは（たとえば太宰治のように）、外見を種々に装いはしても、結局は、まるで〝自分〟だけが、細分化と疎外の時代に、正直に書くことができる唯一の主題であるかのように、自伝的小説を書く。ところが、三島は、そういう典型から截然と反対の極に立っている」（ドナルド・キーン『日本文化論』）

太宰のことを、三島ほどひどい言葉を使って罵倒した作家は、ちょっとほかには見当らない。少し長い引用になるが、

「私が太宰治の文学に対して抱いてゐる嫌悪は、一種猛烈なものだ。第一私はこの人の顔がきらひだ。第二にこの人の田舎者のハイカラ趣味がきらひだ。第三にこの人が、自分に適しない役を演じたのがきらひだ。女と心中したりする小説家は、もうすこし厳粛な風貌をしてゐなければならない。………

太宰のもつてゐた性格的欠陥は、少くともその半分が、冷水摩擦や器械体操や規則的な生活で治される筈だつた。生活で解決すべきことに芸術を煩はしてはならないのだ。いささか逆説を弄すると、治りたがらない病人などには本当の病人の資格がない。

……太宰の文学に接するたびに、その不具者のやうな弱々しい文体に接するたびに、私の感じるのは、強大な世俗的徳目に対してすぐ受難の表情をうかべてみせたこの男

の狡猾さである」(『小説家の休暇』)

三島と太宰のたった一度の出会いは『私の遍歴時代』の中に記録されている、短くて印象深いものである。当時、より有名であったのは太宰で、会いに出かけて行ったのは三島のほうだ。

三島「僕は太宰さんの文学きらいなんです」

太宰「そんなことを言ったって、こうして来てるんだから、やっぱり好きなんだよな。なあ、やっぱり好きなんだ」

〝強い三島〟と〝弱い太宰〟の、もっとも典型的な部分の標本を並べたようにあざやかな対話だが、ここでちょっと疑問を出してみたいのは、「では、三島は、ほんとうに、そんなに強かったのか?」という設問である。

仮面を自分のからだの一部にしようとしても……いや、そもそもそんな試みが、うまくいったりするものだろうか。〝強い三島〟のマスクの下から、あるいは〝弱い平岡公威〟がのぞくときはなかっただろうか。だが、ここでは、とりあえず、疑問を提出するだけに止めておこう。

アジャンタの合歓（ねむ）

奈良といえば二月堂、二月堂といえば良弁（ろうべん）杉で『二月堂棟木由来（むなぎのゆらい）』である。そんな連想に引っぱられて、奈良に遊ぶキーンさんと私は、いつのまにか文楽、それも四ツ橋時代の文楽の話をしていた。

『二月堂棟木由来』は地味な浄瑠璃（じょうるり）だが、故山城少掾（やましろのしょうじょう）の当り狂言の一つだった。その山城は、私たちが知っている文楽の時期においては、もちろん第一人者である。しかし、師弟がたもとを分かった文楽の因（ちなみ）会、三和（みつわ）会の分裂事件も、櫓下（やぐらした）だった彼にとっては人一倍の打撃だったことだろうが、そのほかにも長年連れ添った三味線の清六との不幸な離別、愛児を一人残らず先立たせた寂莫（せきばく）の晩年と、山城ほどさびしい死にかたをした人を私は知らないのだ。そして、そのころから私が気に入らなかったのは、あれほどに文楽を知り、文楽を理解していたはずの三島由紀夫が、津大夫にばかり熱を上げて、いっこうに山城の芸を顧みないことだった。

山城の「気品」には、なるほど一応の尊敬は払っていた。だが、それはどうやら通りいっぺんのことらしい。なぜなら、山城の芸風をもっとも濃く継承したはずの綱大夫を、彼はあんなに毛ぎらいしたのだから。

考えて考えて考えぬく、あるいは磨いて磨いて磨きぬく。身を削るような彫心縷骨（るこつ）は、書斎にこもった三島が、夜ふけて、ひとり原稿用紙に向ってやっていたことと同じではないのか。彼は、なぜ、同じ山城の弟子でも津大夫の豪放さのほうに惚（ほ）れ込んだのか。

細部の描写が全体の崇高な美しさをつくる。三島は、そう信じていた。山城少掾の解釈は、いたって主知的なものだったが、それでいて自分が語る人物とシチュエーションの深い理解に裏づけされた情もそなえていた。そして、それは常に、細部の精緻（せいち）な描写として絶妙の表現を与えられていたのである。ある意味では、文楽におけるディレッタンティズムだが、それをけむたがった三島もまた、文章世界におけるディレッタントではなかったか。

キーンさんの説明はこうだ。

〈それは、ちょっと違うと思います。人形浄瑠璃の大夫なり歌舞伎の役者なりは、そういう複雑なことをしないほうがいい。三島さんは、そういう考えかたなのです。もっと単純に、原作者の考えたものを、そのまま観客に見せる（あるいは聞かせる）べきだというわけでしょう。余分な解釈など、つけないほうがいい、という立場なんです。

その人流の解釈などはまったく無用で、ひたすら近松なら近松のほんとうの意味を忠実に伝達すれば足りる。だから、津大夫のように、大きな声を出して、泣いたり笑ったりするほうが、むしろ作家が作品に盛った意味を正確にコミュニケートするゆえんだ。作家は、十分に複雑な作品をつくっているはずだから、大夫がとくに工夫して味をつけたりする必要はないのだ——そういう考えかただったと思います〉

カクテルをつくるのは作家だ。だから歌舞伎の役者や人形浄瑠璃の大夫などは、四の五の理屈を言わずに、だまってカクテルを上手にグラスに注ぎさえすればいい。これは、役者（あるいは演出家なども含めて演劇人すべて）に対して、なんとも酷な言いかたである。しかも、現代日本の一流の劇作家でもあった三島の、これが演劇観だとしたら……。一見、舞台にあれほど情熱を注いでいたかに見えた三島に、私はいっぱいくわされたような気持になった。

ところで〝作家がつくるカクテル〟のことになれば、三島の場合は、最高のカクテルは、やはり『豊饒の海』だろう。私は、また、この長編四部作に話を戻すことにする。

『豊饒の海』巻一の『春の雪』はたおやめぶり、巻二の『奔馬』はますらおぶりとかで、それぞれに作品の性格もはっきりし、まあ通俗的な興味の対象にもなりうるものだが、巻三『暁の寺』と巻四『天人五衰』は明らかにちょっと性格が異っている。『暁の寺』は観念的にすぎて、まったくの駄作だし、『天人五衰』に至っては虚無そのものだ、という酷評さえある。転生のあかしとして巻一の松枝清顕から巻二の飯沼勲に受継がれた脇の下の三つの黒子の一貫性も巻三で乱れ、三島畢生の作であるべきこの四部作は、その後半部で破綻している、というのだ。

キーンさんが書いている評価は、むしろ逆である。

「『暁の寺』の、そして多分全作品を通してのクライマックスは、カルカッタにおける祭で山羊を殺す儀式、それと生命を授ける河、そして河岸に積まれた火葬用の薪が生誕・死・再生の無限の輪廻を人の心に呼び起すベナレスでの火葬場の描写であろう」（『日本文化論』『日本の作家』所収「三島由紀夫論」）

これを、さらに敷衍してもらった。

〈ぼくは、ほんとうにそう信じて書いたんです。それだけではなく、三島さんにもその話をしました。『暁の寺』、とくにカルカッタのカリー寺院やベナレス、アジャンタのシーンをほめたのです。三島さん、それを聞いて、とても喜んでいました。これは三島さん自身の言葉ですが、四部作の場合、第三作が一番むずかしいし、もっとも大切だというのです。つまり『暁の寺』です。ぼくがそれをほめたときには、すでにほかの人が『暁の寺』を翻訳することに決っていましたが、三島さん「キーンさんがやってくれたら、どんなにいいだろう」とさえ言いました。あるいは、お世辞にすぎなかったかもしれませんが、あの人には、それほど『暁の寺』が大切だったようです。

『暁の寺』という作品は、二つの異質の小説を合わせたものです。前半は戦前から戦中にかけて、後半は戦後の話です。時間の設定だけとってもこれだけ違う。だが、実はもっと本質的な差があります。

前半は宗教的な味が濃いんです。タイやインドの描写の中に、宗教的な議論がふんだんに出てきます。本多繁邦——ワキ役ですが、この場合は主役といってもいい——は、タイやインドで宗教を考え、日本へ帰ってからも、輪廻、転生についてくわしく読み、ギリシャ、インドの宗教哲学にまで進んでいます。これにくらべて『暁の寺』の後半は、心理小説の形をとっているんです。輪廻や転生は、もはやあまり問題じゃありません。

実のところ、三島さん自身も心配していました。批評家が『暁の寺』をどう評価するか、それが気がかりだったようです。

だからこそ、ぼくがカルカッタやアジャンタの場面を『豊饒の海』の中で最高だとほめたとき、あんなに喜んだのでしょう。ぼくの評価は、あるいは間違っているかもわかりません。だが、少くとも一人の読者が、三島さんの意図を汲みとり、ねらったポイントに反応してくれたという手ごたえが、あの人はうれしかったことと思います。

また実際、ぼくは、あれはみごとだと思うんです。とりわけカルカッタの寺院で、ヤギを犠牲に捧げるところ。それからアジャンタの洞窟で、滝を見た本多が、それが清顕だと直感するところ。実にすばらしいと思いました。三島さんが意図していたかどうかには関係なく、ぼくは純粋に感激したんです〉

「仔山羊は苛立たしいほど哀切に啼きはじめ、身をくねらせて尻込みする。尻のあたりの黒い毛が雨に逆立つて乱れてゐる。若者は押へつけて、犠牲台の二本の柱の枷の間へ、俯向きにその首を押し入れ、黒い留鉄を柱に挟んで、項の上へしっかりと下ろした。仔山羊は尻を高く上げて、啼きながら足掻いてゐる。若者が半月刀をふりあげた。その刃が雨に銀に光つた。刀は的確に落ちて、仔山羊の首は前へころがり、目はみひらき、口から白つぽい舌を出してゐる。柱のこちら側に残つた体の、前肢は繊細に慄へ、後肢は大まかに、膝頭が胸に当るまで何度も掻い込んでゐる激越な動きが、振子が弱まるやうに、一回ごとに弱くなつた。首から流れる血はそれほど夥しくない」

これは、カリー寺院での犠牲執行風景である。これだけの描写が、作中でとくに卓抜しているというわけではない。問題は「そこからむしろ何かがはじまり、不可視の、より神聖でより忌はしくより高い何ものかへ、今、橋が懸けられた」予感なのだ。

「二条の滝のひとつは岩走つて断続し、ひとつは銀の縄目をなしてつづいてゐたが、いづれも幅のせまい、姿の鋭い滝だつた。黄緑の岩壁を伝はつてワゴーラ川へ落ちる一双の滝は、あたりの山壁にいさぎよい音を谺させてゐた。滝の裏、滝の左右に、石窟の暗いうつろをのぞかせてゐるほかは、合歓の緑の明るい木叢や、朱い花々が滝のまはりに侍し、水の射るやうな光彩、水煙の虹は晴れやかだつた。本多の目と滝とをつなぐ一線に、幾羽の黄いろい蝶がまつはつて上下してゐた。

……………

音があるかと思へば、この世の限りの無音がここを支配してゐた。

……………そこには多分何もないことはほぼ確実だつた。しかしこのとき、熱に浮かされた清顕の一言が、本多の心に点滴のやうに落ちた。

『又、会ふぜ。きつと会ふ。滝の下で』」（『暁の寺』）

これは、アジャンタの洞窟寺院を見る本多が、第五石窟へ進むとき、滝の裏側から滝口を見上げるシーンである。滝は、もちろん『奔馬』の冒頭で、飯沼勲が水を浴びていた、あの三輪山の滝のことをふまえている。

どうどうと鳴るアジャンタの滝の音。だが、そこにもまた『天人五衰』の最終章である月修寺で、杉林のなかにひともと孤立していた、あの謎に包まれた合歓の木が配されているのだ。月修寺は、全編の最後の一歩で振りかえって、振りかえりざまそれまでの展開を唐竹割りにするようなすごいシーンだ。そしてアジャンタは、キーンさんによれば、『豊饒の海』全編のクライマックスである。それほど大切な要所要所に、まるで作者の花押のようにちりばめられている合歓の木を、いったいどう解釈したらいいのだろうか。

ある意味では、奈良ほど文化のうえでアジア的な町はない。シルクロードは東へ延びて、それは正倉院で終るともいわれる。アジャンタの壁画には、天平の仏たちのおもかげがある。奈良帯解にあった合歓の木が、だからアジャンタにあってなにがおかしい――と片づけてしまうべきかどうか、正直のところ、私にはわからない。

奈良とアジャンタを結ぶのは仏の顔かたちだけではない。輪廻の思想も日本に引継がれ、日本人の心の中に深く根を下ろしたのだった。前世から来世への流転（るてん）、業（ごう）と報のはてなくめぐる因果の輪。そして『平家物語』が後白河法皇の「天人の五衰の悲（かなしみ）は、人間にも候（さふら）ひけるものを」という詠嘆で終るように、『豊饒の海』もまた無窮の流転をうたいあげながら終る。ベナレスなどのくだりをこの作品のクライマックスとするキーンさんの解釈が正しければ、その流転をつかさどり、輪廻の車軸になるものとして、三島はインド亜大陸を一線に断ち切るガンジス、自然と超自然をつなぐパイプとしてのガンジスを、四部作の中でも最重要のポイントに置きたかったのではないだろうか。

『暁の寺』は、たしかに三島作品の中で、批評家にもっともタッチされていないものの一つだろう。仏教、あるいはヒンズー教の教義についての難解な議論が、ごくナマな形で、長々と展開されている。

〈そうです。だから、小説としての動きが、少し鈍くなっています。もうちょっと消化した形で書けばよかったんでしょうが、あのころの三島さんは、もうそんな余裕はなかったんでしょうね〉

教義論は、まるでエッセイのような形で、何ページにも何ページにもわたって続く。

『暁の寺』は、率直にいって、読みづらい作品である。議論は、ときには会話の領域にまで侵入し、長々と展開される。

〈あの人は、意識的にそうしたに違いないんです。劇作家としての三島さんは、だれよりもうまくセリフを書く人でした。だが、後期の小説の中では、トーマス・マンをはじめドイツの小説家にならって、セリフと地の文を同じテンポで書くことをわざとやっていたのです。

もっと俗悪な作家なら、登場人物のくせを出すために、それぞれの人物像を浮彫りにするような口ぐせを、ちょっと入れてみたりするものでしょう。三島さんは、それを一切否定していました。会話と描写を、なるべく同じような調子で書きました。そうすると、会話は、どうしても不自然になります。自然な会話を書こうと思えば、書く力はあったのです。だが、あの人は、意識して不自然な会話をつくったのでした。

小説の流れの中に挿入された、まるで論文のような記述。それもトーマス・マンが『魔の山』の中で、自由とか専制主義とかいった抽象的な概念をめぐって、長々と繰りひろげている先例があります。

『天人五衰』が「虚無そのものである」という意見にも、ぼくは賛成しかねます。唯識論の考えかたからすると〝虚無〟というものの意味は、普通とはまったく異ったものになってくるんですから〉「虚無そのもの」だと批評されることは、あるいは『天人五衰』にとっては名誉ではないのだろうか、というわけである。

唯識論については、すでに触れた。一切諸法は、識(し)られた状態においてのみある。海の波のように、あったかと思えばもうない。あるものは、すべて心にそう映ったからあるだけの話である。すべてが、まるで海に浮かんでいるような——浮世というもの。

じっと見ている認識者の存在さえおぼつかなくなるような唯識論の恐ろしいまでの深みは、『天人五衰』の完結部で、あざやかに描かれているのだが、三島の作品には、このほかにも、すべてが〝存在していたかいなかったかわからない〟という形で結ばれる作品がある。

たとえば、十六歳のときに書かれた『花ざかりの森』では、隠遁(いんとん)している老婦人が昔話を乞(こ)われて「いいえとんでもない。——どこへ行つてしまひましたやら。あんなものずきなたのしい気分。……わたくしのどこかにでも、そんなものがのこつてゐるやうにおみえでせうか」と答えている。

また短編『遠乗会(とおのりかい)』では、老将軍に〝若い時代〟のことを問われた貴族の夫人は

「何もございません」と答え、以下つぎのような会話が続く。

「好きになられて困ったことも、好きになって困ったこともですか?」

「何もございません」

「さうですかねえ。私もそんなことがあったかもしれないが、みんな忘れてしまった」

「あたくしも」

「みんな忘れてしまった」

　キーンさんが思い出話を始める。

〈あれは一九七〇年、三島さんが亡くなる年の八月でした。三島さんは、いつものとおり手帳を出し、私に向って「××日に、下田の東急ホテルに部屋をとっておきます」と言ったんです。

　ところが、下田へ発つ直前になって、どういうわけか、ぼくはひどい腰痛を起しました。なにが原因か、さっぱりわかりません。まあ、日本人に向って腰が痛いと告白すると、たいていはニヤニヤ笑って「四十腰ですな」とかなんとか、なさけないことを言うんです。でも、冗談じゃなかった。とても苦しかったんです。立って歩くとなんともなかったけれど、腰をおろしてじっとしているとたまらない。実にひどい状態でした。

真夏です。下田行の電車は満員です。どうしても指定席がとれません。ようやくのことに、出版社の人が普通車の切符を一枚、手に入れてくれました。

ぼくは、ほんとうに迷いました。こんな状態じゃ、下田へ行っても、たいしたことはできない。そのうえ、行く途中のことは、想像するだけでもゾッとしました。しかし、三島さんの例の手帳のことを思い出すと、行かないわけにはいかなかったんです。三島さんは、ご存じのように、予定表をきちんと守る人です。その人が手帳を開いて、ぼくが何日の何時に下田に到着すると目の前で書き込んだ。あの人の手帳のためにも、ぼくは行かねばならなかったんです。

恐れていたとおり、下田行の電車は超満員でした。ぼくの足と、向いの人の足のあいだにさえ人が立っていました。身うごき一つできません。まるで拷問でした。そんなふうにして下田に着き、三島さんに会ったとき、ぼくは開口一番、腰が痛いんだと言いたかったです。だが、三島さんの元気な姿を目の前に見ると、なんというか「あ、自分もサムライだ」という気持になって、なにも言わなかった。黙っていたんです。

その晩のことです。三島さん、ぼくの教育の一つだといって、ぼくをヤクザ映画に引っぱっていきました。ところが、映画館でまた腰をかけて、こっちのほうは、ますます苦しくってたまらない。三島さんはというと、とても喜んで、「高倉健はたいしたもんだ」とかなんとか言いながら……〉

「高倉健はすばらしい」「藤純子はすごい。猛烈にいい」――ヤクザ映画とその出演俳優への傾倒を、生前の三島は、だれからも隠しはしなかった。大勢の人に見られるのを覚悟のうえで、あるいは人に見られるのがよけいにうれしくて、彼はいそいそと新宿の興行街に出かけ、ヤクザ映画に行列をつくる人々にまじって立っていた。

いわゆる三島美学の中にヤクザ映画を位置づけることは、たしかに、まったく不可能なことではない。だが、ヤクザ映画賛美を公言していた三島の言葉のはしばしに、覆（おお）いがたいわざとらしさがなくはなかったか。

三島は、純粋にヤクザ映画に感激していたのだろうか？

〈あの人には、悪趣味（キッチュ）の楽しみがありました。ぼくには、残念ながら、それが欠けていましたが。三島さん、一番悪いもの、一番まずいもの、一番下品なものを、いつも喜んでいました。もちろん、それは、あの人のほんとうの趣味じゃなかった。あまりにもつまらないから、あまりにも悪趣味だから、喜んだのです。むしろ、芸術的であって、あまりパッとしないものを嫌っていました。

中途半端がイヤだったんでしょう。はじめから芸術的でなく、はじめから寸毫も芸術的になろうとする意図のないものを喜んでいたようでした〉

作家というのは、もちろん芸術家ではあるのだが、三島は、彼自身が選んだ職業にもかかわらず、いつも反芸術的なものに対して、はげしいあこがれを抱いていた。反芸術について書いたものの一つに――

「『精神』といふものには、そもそもさういふ傾向があるのだが、芸術の自己否定的な傾向、芸術の反芸術的なものへの執拗な関心、には、一種無気味なものがある。この傾向に対するもっとも甘い誘惑が、コミュニズムであり、ファシズムであることは、天下周知の事実だ」（『小説家の休暇』）

キーンさんが、下田に三島をたずねたのと同じ七〇年の夏だった。『ニューヨーク・タイムス・サンデー・マガジン』が、三島由紀夫のことを特集した。表紙に三島の写真を扱い、例によって、「近い将来にノーベル文学賞を受ける作家」という鳴物入りで「ルネサンス人ミシマ」を書いたものだった。

〈ぼくが読んで、好意的に書かれていますねと批評すると、三島さん、とても喜んでいました。

これも下田でのことです。三島さんが妙なことを二、三度も繰返して口にするのを聞いていて、ぼくはちょっと気にかかりました。いま書いている小説（『豊饒の海』）に自分のすべてを入れてしまったから、あとはもうなにもない、なにも残らない、なにも書くものはない。——三島さんは、そう言うんです。

はじめのうちは、例の冗談かと思っていたが、あまり繰返すので気になりました。ぼくと三島さんとは、古い関係です。いっしょに旅行もしたし、いろんな経験も共有しています。だが、ある意味では、一種の遠慮もありました。悩みを語り合うという仲じゃなかったんです。

しかし、下田で、ぼくは、あるいは本能的にかもしれませんが、それまでの関係から一歩踏出しました。「三島さん、もし話すことがあるなら話してほしい。ぼくは、ぜひ聞きたい」と申し入れたんです。

だが、三島さんは笑って、返事をしませんでした。死ぬ年の八月の、下田東急ホテルのプールサイドでのことでした。そのとき、三カ月後に三島さんが自決するとは、夢にも思いませんでした。ただ、一種の緊張を感じたことは事実ですが……〉

これとまったく逆のシチュエーションは、下田での会話より十年以上も前にニューヨークであった。キーンさんは、折りから滞米中の三島と対座していた。と、三島が申し出た。

「われわれは、もう十分に親しくなったのだから、これからは敬語をやめて、ひとつ、君僕で話そうじゃないですか」

そのころ、キーンさんは、悩みごとをかかえていた。それがおのずから顔に出たのを三島は見破り、ザックバランな会話をテコに、友情の手をさしのべたかったのだろう。

だが、もともと日本語を敬語つきの語法で習っていたキーンさんにとっては、ていねいな話しかたのほうがかえってらくでもあるし、ことさらに「君」「僕」に切り換えることは、狎れ狎れしすぎるようにも思えた。三島ほどの高名な作家を呼ぶには「三島さん」が当然でもある。それやこれやで「やはり敬語でいきましょう」ということになり、三島も敏感に了解して、キーンさんの悩みを共有する機会を見逃したのだという。

自決の三カ月前の下田は、これとはちょうど逆の立場だった。しかし、二人は、ともに他人行儀をまもり、ついにお互いの心の中に踏み込むことはなかった。

原著者と翻訳者というのは、ある場合には、同国人同士より以上に親密なものである。日本人ならすらすらと読み流してしまう三島の作品を、キーンさんは翻訳のために一語一語、忠実にたどったのだった。しかも、演劇への愛着をはじめ、多くの共通の関心を持っている二人である。古今東西の文学に通暁（つうぎょう）している点でも、共通の話題は多い。ニューヨークでも、下田でも、真に許しあった友情の言葉は、二人の喉（のど）まで出ていたことだろう。だが、一種の遠慮が、その言葉を言葉にしなかった。お互いにせっぱつまっていながら、すべてを打ち明ける仲にはならなかったのである。

三島の父、平岡梓（あずさ）氏が『伜（せがれ）・三島由紀夫』に書いていることは、おそらく事実なのだろう。これほど親交のあったキーンさんがそうでないとしたら、三島は生涯、一人の〝心の友〟も持たなかったのではないかと思われるのだ。

落魄のニューヨークで

奈良公園を出た私たちは、タクシーで新大阪駅まで走った。時刻表を見上げると、おあつらえ向きに、ちょうど数分後に、ここ始発の広島行の特急が出ることになっている。窓口に問い合わすと、二人分の切符もあって、おまけにまるで夢のようなことだが、食堂車も連結されているという。

奈良からさき、一応は「西のほうへ」と決めてはいたのだが、駅に着くまでは、はっきりした行先のあてがあるわけではなかった。だが、こうもうまく幸運のクジを引き当てたからには、もう逡巡することはない。キーンさんと私は、いそいそと倉敷までの切符を買った。

食堂車つきの特急など、旅のはじめからきちんと計画を立てていさえすれば、格別にありがたがるほどのものではないかもしれない。しかし、予定表ひとつあるわけではない出まかせ旅行は、かえって当然その時刻に出発する列車をつかまえて、望外のしあわせだなどと〝偶然〟を喜んだりするものであるらしい。

発車するのを待ち兼ねるようにして、私たちは食堂車へ入っていった。須磨、塩屋、垂水、舞子と過ぎるあいだ、車窓の明石海峡は、キラキラと晩秋の日をはね返して、見たところ、まるで春の海ののどかさだ。海を眺めながら食堂車での昼食というのは、まったく旅の至福の一刻であるといってもいい。スプーンを手にしてスープをすくおうとするはずみに、列車がちょっと揺れたりすると、スッとスープが逃げていったりすることがあるものだ。

ナイフを置いて、キーンさんは、一九五三年に日本に来たときのことを話し始めた。

正確にいうと、これは二度目の来日である。最初は終戦直後で、そのとき、語学将校のドナルド・キーン海軍大尉は、一週間だけ滞日し、日光までの小旅行の経験があったという。

二度目に日本に着いた場所は羽田だった。留学先に決っていた京都大学へ一日も早く行きたいと気がせいて、彼は、その日のうちに東海道線の夜行に乗った。日本文学の研究という志はもはやかたまり、そのときまでに日本文学についての論文も、すでにいくつか発表していた。

「日本」を知れば知るほど心ひかれる京都である。しかも、それは、まだ夢にしか見たことのない都だ。京へ上るキーン青年、ときめく胸を押えかねた。しかし、ロンドンからはるばるやって来た旅の疲れもある。夜汽車の揺れに身をまかせているうちに、彼はいつのまにかまどろんでいた。

ふと気がつくと、窓のそとが明るくなって、汽車は小さな駅に停っている。なんという駅だろうか？　窓を開け、身を乗り出して駅の名を読んだ。

――「関ケ原」

そのときのことをふり返って「あんなにすばらしいことはありませんでした」と、キーンさんは言う。汽車は、この日本文学を恋する青年学者を、その滞日一日目にして東京から西へと空間を運んでくれただけではなかった。それは同時に、現代から四百年の昔へ、朝鮮戦争末期の猥雑（わいざつ）な戦後日本から騎馬武者どもが優美に疾駆する合戦場へ、時間を越えてタイムトンネルの中を走ったのだった。

ところで『日本の文学』というキーンさんの著作（筑摩書房刊）の前半は、この二度目の来日の前年、英国ケンブリッジに遊学中に書かれたものだが、同じ本の後半には「日本と太宰治と『斜陽』」という一章（一九五六年の執筆）がある。私は、それを話題にした。その文章の中で、太宰治について、キーンさんは、こう書いているのだ。

「私は、西欧の読者たちに、或る意味で太宰の作品によって現代日本の生活の正確な姿が解ると言いたい気がするのである。……『斜陽』は、現代日本に対するその理解の深さによって、全体としての日本人の様相を描き出しているのである。このためにこそこの小説は成功作となり、各階層の日本人に大きな感動を与えたのである。しかしながら、『斜陽』は地球の彼方の未知の国について好奇心を持つ人々のための、社会的資料であると考えられてはならない。これは、一人の非常にすぐれた日本の近代作家による、力強く美しい小説であり、そのまま世界文学の上に地位を持つ作品なのである」

太宰治に寄せるキーンさんの関心は、なみなみならぬものであるらしい。死んで二十年以上もたつのに、いまだに日本のインテリのあいだに牢固としてその地位を確立している太宰信仰。終戦直後の日本人の様相を的確にとらえている『斜陽』ほかの作品。そんなものから受ける感銘ももちろんのことだが、キーンさんが太宰を評価するのは、そんなことよりも、日本の現代人の孤独をだれよりもうまく、だれよりもりっぱな文章で書いたのが彼だからであるようだ。

『日本文化論』の中でも、キーンさんが章を設けて個別にとりあげている現代作家は、谷崎潤一郎を除けば、太宰治と三島由紀夫だけである。

その二人のうち一方の三島は、太宰がその作品の中でも実生活の中でも演じていた〝自己戯画化〟に、強く反発していた。東大仏文科には入学したが、五年間にただの一度も講義に出なかった太宰と、同じ東大の法科で（戦争中ではあったが、ともかくも）高等文官試験に合格して大蔵省に入った三島とは、それだけでも異質性は歴然としている。そのうえ、もっと悪いことがあった。貴族趣味の三島は、津軽から出てきた太宰の「作品の裏にちらつく文壇意識や、笈(きふ)を負つて上京した少年の田舎くさい野心のごときもの」を、しんそこから、たまらないと感じていたのである。

〈ぼくが『斜陽』や『人間失格』の翻訳をしたと知ったとき、三島さんは――本気だったかどうかは知りませんが――「なぜ、あんなつまらないものの翻訳をするのか」と言っていました。三島さんは、どうしても太宰文学を認めてくれませんでしたね〉

キーンさんも、三島の〝太宰嫌悪(けんお)〟にモロにぶつかったことがあるわけだ。だが、それでも、

〈太宰治の文学の魅力を、三島さんは、ある意味では、感じていたに違いないと、ぼくは思うんです〉

根拠がないわけではない。キーンさんは、三島の中に複雑に屈折した形で内蔵されていた〝弱さ〟を見たことがある数少い友人の一人であるから、こんなことが言える

らしいのである。

非常に意志の力が強く、几帳面で、意志力によって自己の精神と肉体の改造を試み、事実、改造に成功したかに見えた三島である。最後の瞬間には、腹に突刺した刀を、苦痛を押え、古式にのっとって引きまわすことさえできた三島でもあった。しかし、これほどのサムライにも、実は、弱くて孤独な一面がなくはなかったようである。キーンさんは、それを垣間見たことがあったという。

たとえば、例の「ワッハッハ」という、友人のだれもが知っている三島の哄笑についてである。

〈ある人の話によれば、三島さんは、子供のときから、ああいう笑いかただったということです。だが、お父さんの文章（平岡梓『伜・三島由紀夫』）によると、三島さんは少年時代には無表情だったとあります。あの不自然な、サムライのような笑いは、ずいぶんあとから始ったクセだというんです。

ぼくは、もちろん、事実を知るわけではありません。しかし、ぼくのカンでは、三島さんのお父さんの言うことのほうが、ほんとうじゃないかと思うのです。

子供のころも、あるいは大声で笑うときがあったかもしれません。だが、有名な〝三島的哄笑〟――あるいは森鷗外的な笑い、といっていいかもわかりません――は、どうも、あとになってあの人の身についたもんじゃなかったか。ぼくは、そう思えてならないんです。

ただ一つ、不思議なことがあります。ぼくみたいに（必ずしもぼくだけじゃありませんが）、長いあいだ三島さんとつき合った人間は、昔の三島さんがどういう人だったか、なかなか思い出せないのです。初めてあの人に会った昭和三十年ころの三島さんの写真を現在見ますと、そういう顔の人だったとは、ちょっと信じられません。つまり、あとの三島さんの顔は、前の三島さんより、ぼくの記憶の中で、はるかにあざやかなだけでなく、ずっと印象が強い、というわけです。

前の三島さん——髪をのばし、やさしい顔をし、見るからに感受性の鋭そうな——は、よく、ゆかた姿で写真にうつっています。ぼくが、そのころ目黒区緑ケ丘にあった三島さんのお宅へはじめて行ったときも、いかにも文士らしい和服だったのを覚えています。ただ、その当時の、あの人の顔ということになりますと……〉

三島が、ひそかにボディービルを始めたのは、年譜などによると、一九五五年八月前後の話である。そのころまでに撮影された書斎での彼の写真などは、よくネコがからんでいたりし、からまれている人物のほうも、どう見てもひ弱で、感受性がむき出しになっている。要するに、すべてに傷つきやすい新進文士の印象である。自衛隊の制服を着て点呼を受けている三島、舞台の上で胸毛を見せてシャンソンを歌っている三島、あるいは竹刀(しない)を構えて精悍(せいかん)な剣士である彼——後年の写真にあるグリグリ眼(まなこ)とたくましい筋肉にくらべて、あまりにもかげが薄いのである。もっとも、座標軸をどこに置くかに従って、あとからの雄姿のほうが「とってつけた」ものとみることも可能なのだが。

〈前の三島さんは、たしかに実在していたに違いないのです。たとえば、最初に翻訳された『潮騒(しおさい)』や『仮面の告白』の英訳本のカバーに載っていた写真は、だいたい一九五五年ころに撮影されたものです。そのころの三島さん、つまり文士らしい三島さんが実際にいたことを、ぼくは一つの事実として知っています。ぼくは、その人と会話をかわしたのだし、その人と食事をしたこともあるのです。写真も、真実をうつすものである以上、その当時の三島さんの、ほんとうのおもかげを伝えていることは疑えません。

それなのに、あとの三島さんのイメージが強すぎて、ともすれば昔のあの人の印象を消してしまうのです。後年の三島さんは、あまりにも個性が強すぎました。

あとの三島さんと前のイメージの差は非常なもので、あとのほうが印象として何倍も強かったのです。だから、昔の写真を取出して眺めてみても「こんな三島さん」を

ぼくが知っていたとは、ぼく自身、どうしても信じられないのです〉

人生の成長期においてならともかく、完全な成人が、しかもほとんど百パーセント意志の力だけにたよって、十年前の印象を信じがたいものにするほどの人間改造をなしとげるというのは、やはり尋常のことではない。以下しばらくは、私とキーンさんの問答の形で。

――昔のおもかげが思い出せないということ。それは、後年の三島が身につけていた強さが〝つくられた強さ〟であったために、かえって印象が強烈だったのではありませんか？

〈そういうことも考えられます〉

――弱かったころの三島の思い出話をしてください。

〈一九五七年七月から十二月末までの、三島さんのニューヨーク滞在のことを思い出します。あのとき、ぼくは、あの人がとても寂しい思いをしていることが、よくわかっていました。もちろん、三島さんが、寂しさを口に出して語ったわけではありませんけれど。で、ぼくは三島さんが好きでしたし、なにかしてあげたいと、いろいろ考えてみることはみました。しかし、どうしたらいいか、わからなかったんです。

つまり、当時のぼくがつき合っていた人々――おもに大学の教授たちですが――は、三島さんにとっては、きっと面白くない話相手に違いないと思われました。楽しい友人がいないでもないんですが、ちょうどそのときは、なにかのことで、そんな連中が運悪く一人もニューヨークにいなかったのです。

ぼくの知人のなかには、三島さんを郊外の別荘へ招待したいと申し出る人がいないわけではありませんでした。だが、そんな人との対話は、三島さんにとっては、きっと退屈なことだろう。そう思って、ぼくは二の足を踏みました。結局、あの人をどこへ連れて行ってあげることもできなかったのです。

あとで、三島さんは、いろんな人に向って、キーン氏は冷たかった、と言ったそうです。そのことは、まわりまわって、ぼくの耳にもはいりました。あの人の気持は、ぼくにもよくわかりました〉

――冷たい？　そんなことはないはずです。キーンさん、あなたほど友人を大切にする人はいないし、現に三島の突然の死を聞いたとき、あなたはわざわざニューヨークから駆けつけた、たった一人の友人だったじゃありませんか。

〈いや、少くともあのとき、ぼくはきっと三島さんに対して冷たかったことでしょう。ぼくは、それを知っています。だが、ぼくの態度とは別に、あのころの三島さんは、

非常に傷つきやすい人でもあったのです〉

——で、どうなりましたか。

〈ニューヨークにいたたまれなくなって、三島さんがついにニューヨークを去ったのは、いつだったと思いますか？

それは、選りにも選って十二月三十一日の晩でした。大みそか——長いニューヨーク滞在ののちに、再び旅を始めるにしては実に不思議な日です。ニューヨークでいるたいていの人は、新年のイヴを、友人といっしょに騒いで過します。いろんなパーティーが開かれて……まあ、それくらいのことなら、ぼくも三島さんにしてあげることはできたのですが。

一九五七年の大みそかというその日に、三島さんは、ニューヨークでの生活が、つくづくいやになったらしいのです。七月にニューヨークに着いて、『近代能楽集』が上演されるのを半年も待ってみたが、どうしても実現しそうにない。そのうちに、することがなくなってしまう。もう耐えられない。そういった状態だったようです。

だから、あの人は、だれも飛行機に乗りそうもない大みそかの晩にアイドルワイド（空港）へ行って、一人ぼっちでヨーロッパに発ってしまったんです。

あの人が発ったと聞いたとき、ぼくは、とても打撃を受けました。悪かった、と思いました。だが、もし、もう二、三年後の三島さんだったら、あんなことはなかっただろうとも思うんです。

あとの三島さんなら、自分の戯曲の上演に立会うために渡米の話が出ても、かくかくしかじかの条件が満たされなければ行かないと、はっきり言ったはずです。

現に『サド侯爵夫人』のニューヨーク上演のときがそうでした。確実なプロデューサーが決り、資金も集められ、女優も選ばれ、読み合せも済んでいました。舞台装置の担当者も決り、これでもう大丈夫と、ぼくはとても喜んだのです。ところが、三島さんは「いや、なんという劇場で、初日がいつかが決れば行くが、いまのところは行くつもりはない」と、はっきり断ったのでした〉

ニューヨーク州のいなかの学生町に住んでいたことのある私も、一人で「ザ・シティ」、つまりニューヨークへ出かけたことが何度かある。ニューヨークは、もともと、すさまじいほど孤独な町である。とくにクリスマス前後は、冷え冷えとした風が、町を急ぎ足で歩く人々の胸に、一種落魄（らくはく）の気を吹込むようにさえ思える。金持は、マイアミやナッソーに逃避し、学生たちは車に相乗りして郷里に帰ってしまう。降誕祭が終って、ロックフェラー・センターの電飾のツリーが取りはずされてしまうと、冬は、いっそう索漠たるものになる。

風に吹かれながらビル街を歩く。なにかの拍子に、ふと立ちどまって天を仰ぐと、自分を囲んでいたのが威圧的な摩天楼であるのに気がつく。冬の空は、ビルの輪郭に限られて、なんの表情も持ちえないほどの狭さで、頭上に張りついているだけである。コンクリートの谷底にほうり込まれた、いいようのない敗北感が、どっとばかりに襲ってくる。

そんなニューヨークで、感受性だけがいたずらに鋭かったそのころの三島が、しかも自作舞台化のメドもつかないまま荏苒(じんぜん)日を消していたのだ。

ニューヨークに生まれて育ち、ニューヨークが〝わが町〟であるキーンさんは、あるいは、それほど感じなかったかもしれない。しかし、冬のニューヨークが、あらゆる旅人に課す孤独の試練に、まだ三十二歳だった三島が耐えかねたことは、十分に想像されるのである。

〈三島さんは、たしかに、孤独に耐えきれなかったのだと思います。あの人は、あのころ、ニューヨークで上演されていた芝居を全部見ました。どんなつまらないもの、どんな値打ちのないものも、全部なんです。しかたがなかったんです。ほかにすることがないから、芝居を見て時間をつぶす以外に、なにもすることがなかったわけで

す〉

——半年ものあいだ、創作もせずに、彼はただブラブラしていたんですか？

〈創作はありませんでした。まあ『鏡子の家』のために、いろいろ調べてはいましたがね。たとえば、ぼくといっしょに歩いているときなどには「ニューヨークで一番高級だと思われている花屋はどこか」「おもちゃ屋では、どこが評判がいいか」といったことを聞いていました。そんな知識は、のちに『鏡子の家』の中で活用されてはいますが〉

このときの旅行のことを書いた紀行文は『旅の絵本』になった。

セントラル・パークを散歩していると、築山(つきやま)の上に暖房をした六角形の小屋がある。中をのぞいてみたら、部屋の中いっぱいの老人が、それぞれテーブルを囲んで、チェスやチェッカーをしている。部屋を満たしているのは陰惨ともなんとも言いようのない老人特有のにおいである。

年金生活者たちの、すさまじいばかりの孤独に、散歩者・三島はたじろぐのだが、このシーンは、そのまま『鏡子の家』の登場人物の一人——有能な商社員だが、一方では世界の崩壊を信じているニヒリスト、清一郎——の経験になって、小説の中に出てくる。

〈『鏡子の家』は、三島さんにとっては、最初の失敗だったといえるでしょう。もちろん特定の批評家が新聞で絶賛するという例外はありましたけれど、たいていの批評家は「つまらない作品だ」とけなしたものでした。それまでの作品の中にも、売れたもの売れなかったものは当然ありましたが、ほんとうの失敗は『鏡子の家』まではなかった、といえます。三島さんにとっては、あの失敗は非常な打撃で、おそらくずいぶん悩んだものと思われます〉

その失敗作『鏡子の家』が、実は、私は大好きである。

鏡子を取巻いてボクサーの峻吉（しゅんきち）、俳優の収（おさむ）、画家の夏雄、商社員の清一郎という四人の主人公がいる。行動と自意識と感受性と世俗である。「四人の主人公にそれぞれの側面を代表することにした」（『裸体と衣裳（いしょう）』）——つまり、四人の一人一人が三島の一面ずつを受持って体現しているのだ。鏡子を軸にした螺旋（らせん）階段のようなかっこうでストーリーは展開していく。四人の軌跡は、お互い同士ほとんど交わることがない。彼らは、鏡子の友人であるという点だけで共通項を持ち、ときどき同じ体験を共有する。四次元連立方程式のように、きわめて人工的な構成だから、小説としてのできぐあいという点ではともかく、読み進むあいだに読者が受ける知的刺戟（しげき）は比類のないものである。

〈そうです。読み終ったときのあと味は悪くないんです。たしかに、読了したとき「面白かった」ということはできます。しかし、率直にいって、書きかたは退屈なものです。ぼくは、強い抵抗を感じました。それは、あまりにも人工的だからです。たとえば、清一郎がニューヨーク滞在中に、妻の藤子が姦通するところがあるでしょう〉

清一郎がシカゴへ出かけて不在中に、藤子ひとりの部屋に、同じアパートに住むフランクが入ってくる。帰ってきた夫に、彼女は「してはいけないことをしてしまった」ことを告白し、フランクの名を告げる。清一郎には、妻の顔がひどく愚かしいものに見える。妻は、フランクが男色家であることを知らないのだ。

〈そう、あんなことは、正直いって信じられないのです。また、収が女高利貸と契約書をかわして自分のからだを売るところがあるでしょう。あんなことも、実に不自然です。作品全体が、もう少しふざけたものだったら、まだよかったかもわかりませんが、あんなに真面目に書くと、読者はなんとなく抵抗を感じます〉

その『鏡子の家』の構想は、一九五七年に三島がニューヨークで無為な半年を過しているあいだに練られたものである。

〈あのころ、『ニューヨーク・タイムス』が、あの人をインタビューしたことがありました。三島さん「こんど日本へ帰ったら長編小説を書く。しかも、それは、外国人の作家が書くようなものにしたい」と答えていました。

日本の文壇の習慣では、長編小説は、まず文芸雑誌に連載という形で発表されます。小説が完全にでき上がる前から、一部分が活字になっているわけです。作家はそれに縛られ、自由に筋を展開できなくなります。それに反して、外国の作家のほとんどは、小説を書下ろしの形で書き、最後まで好きなように手を入れる自由を確保しようとするのです。「自分もそうしたい」というのが、『鏡子の家』にとりかかる前の三島さんの抱負だったのです。

あの作品を書き上げるのに、三島さん、長いあいだ非常な苦労をしていました。いくつもの出版社から、いくつもの注文が来て……なかには日本の出版界の常識では、とても逃げ切れない注文もありました。雑用、それにあまりシリアスでない執筆のあいだを縫って、千枚もの長編『鏡子の家』を書き進めることは、たいへんな苦しみでした。自分の血液で書いた、といってもいいほどです。自分のあらゆる知識――日本の知識だけでなく、ニューヨークで知ったこともすべて――を。そうです、あらゆることを、三島さんはあの小説の中に入れました。それでも失敗だったのです。

三島さん、あの失敗で、自分自身の力に疑問を感じたことと思います。失敗のあとで、映画『空っ風野郎』に出たり、シャンソンを録音したり、いろんなイタズラをやりました。そして、まもなく『憂国』を書いています。

『憂国』が出た一九六〇年というのは、安保騒動の年です。あのころのことでしたが、三島さんははじめて車を買いました。その理由として「もしも共産革命が起ったら、女房の運転で長野県へ行くんだ」というようなことを口にしていた記憶があります。それは、まあ、冗談だったかもしれないが、冗談の中に真実がふくまれていたのかもわかりません〉

『鏡子の家』の中から、ニューヨークのセントラル・パークについて、前掲とは別の部分を引用しておこう。

「――日曜のことで、飲食をする店をのぞいて、あらゆる店は戸を閉めてゐた。行人もまばらであつた。曇つた空の雪もよひのけしきが、石造の街のくつきりした輪郭を殺して、街を古い銅板画のやうに見せてゐた。

（清一郎）夫婦は腕を組んだまま、中央公園（セントラル・パーク）の冬木立の下へ歩み入つた。

『散歩は悪い習慣です。それは孤独を育てる』

誰かさういふ警告の立看板を、公園の入口に立てるやつはゐないのか。今日は幸ひに曇つて寒いので、日曜日の中央公園のベンチを占める、あの孤独な日なたぼつこの人たちの姿を見なかつた。どこの木かげにも夥しい落葉が散り敷いてゐた」

こんなくだりの、なんともいえないパセティックな響きは、キーンさんが目撃した孤独な三島由紀夫像を裏づけている。そして、それは三島自身が「ほの暗く、抒情的な、……つまり、あまりにも『太宰的な』」と言うものと、たいして差がないようにさえ思える。

「二枚の楯のやうな」胸の筋肉を誇示しながら、オートバイに寄りかかっている写真などに見るあとの三島とはまったく別の、打ちひしがれた三島は、たしかに存在していたのである。

「(反発を感じたのは) あるひは愛憎の法則によつて、(太宰) 氏は私のもつとも隠したがつてゐた部分を故意に露出する型の作家であつたためかもしれない。従つて、多くの文学青年が氏の文学の中に、自分の肖像画を発見して喜ぶ同じ地点で、私はあわてて顔をそむけたのかもしれないのである」(『私の遍歴時代』)

芥川竜之介と太宰、三島を論じて、進藤純孝氏は、つぎのように書いている。

「強くならねばならないと思う、あるいは強さにあこがれる人たちは、本質的には非常によわい、もろい人間である。それが結局、この三人が将来に対する不安のために自らをほろぼしていくという決着になったと思うのである」(『新評』三島由紀夫大鑑より)

垣間見た痛々しさ

民芸館のあたり、白壁と貼り瓦の家が並ぶ倉敷川のほとりにキーンさんと私は立っていた。いたるところ東京弁のディスカバー・ジャパン族が群れ、「来てよかった」と、ささやかな自己満足を感じうるほどの美しいオブジェクトがあれば、瓦のひとかけら、柳の一枝も見落すまいと、さもしい目つきできょときょとしていた。

まったく日本のどんな果てまでもやって来る〝東京〟に、来られるほうでも応えようというのか、ここ倉敷でも、東京センチメンタル文化人の喜びそうな〝ひなび〟を売りものにしているふしがある。民芸館に並んだ柳行李や、鈍重にひなびた片口は、きっと東京人が愛読する雑誌に、すばらしいグラビアの何ページかをつくるに違いない。

往古の倉敷は、こんなものだけではなかったと思う。かつては豊かな米商人の町だったところである。川には蔵米を積んだ船がひしめき、威勢のいいかけ声がし、罵声がとび、人足の汗のにおいが充満していたはずなのだ。米問屋の奥座敷では、ギヤマンの盃に南蛮のあやしい酒が注がれ、奉行と商人たちが、ひたいをあつめて奸計を練っていたはずなのだ。だが、そのような繁栄の邪悪な記憶は、このごろでは売りものとして適当ではないらしい。

もう少しのところで「オカーサーン」と声がして味噌のコマーシャルがはいりそうなほどのひなびである。一日目、私たちは、わざと〝美しい倉敷〟に背をそむけ、農協が旗を掲げてゾロゾロと行くというなる鷲羽山に出かけた。

後年には「文武両道」の実践を志向していた三島由紀夫の〝雄姿〟からはちょっと想像できないほど孤独で感じやすかった三十二歳の三島について、キーンさんは、私にせがまれるままに思い出話を続ける。

一九五七年、ひとりぽっちでニューヨークに長期滞在していたころの三島を知っているキーンさんの、いわばインサイド・ストーリーである。

〈最初のうちは、三島さん、割合に上等なホテルに住んでいました。そのうちに――たぶん、お金がなくなってきたのでしょう――三流四流の、グリニッチ・ビレジに近いホテルに移っていきました。

そんなホテルには、そこを養老院がわりにして住みついている老婆(ろうば)たちが何人もいて、話相手がいないもんだから、三島さんが外出から帰ってくるのを待伏せしているんです。帰ってくるとつかまえて、日本の話でもなんでもいい、とにかく会話の相手にしようとする。そんなことが、三島さんは、たまらなく憂鬱(ゆううつ)なようでした〉

　三流ホテルのロビーの日だまりに、日がな一日すわっている老人たちの群れを見てぞっとした経験は、欧米へ旅行したたいていの日本人が持っている。それは、まさに「生ける屍(しかばね)」以外のなにものでもない。医学の発達と福祉政策の普及が、もうすぐ日本にもそのような光景を創出するに違いないと、頭の中では知っていながらも、伝統的に散りぎわの美しさ、いさぎよさに無意識にもせよ共感をおぼえている日本人の心は、老醜に目をそむけさせずにはおかないのだ。

「夭折(ようせつ)といふものの神秘的な意味」に傾倒していた三島にとっては、ホテルの入口にたむろしている老婆たちの姿は、辟易(へきえき)などという段階を通り越して、死ぬほどおぞましいものだったことだろう。そんな連中を相手にしては、まさか「オレは生命よりも大事なものがあることを見せてやる」と力みかえるわけにもいかないし……、要するに、手も足も出なかったことと思われるのだ。

〈もっとひんぱんに会ってあげるべきでしたが、大学の講義をかかえていたぼくは忙しくて……いや、やはり、ぼくが悪かったんです。しかし、東京では、いつも一流の店で食事をしていた三島さんを知っていたものですから、ニューヨークでの、ぼくがいつも行く安いシナ料理屋では不満だろうと考えて、招くのを遠慮したのも理由の一つでした。

ある日のことです。三島さんは、コロンビア大学の近くにあるぼくのアパートへやって来ました。とても誇らしげでした。「地下鉄に乗って来ました」と言うんです。ぼくは、もちろん、ほめました。ふつうの日本人は、なかなかニューヨークの地下鉄に乗るような勇気はありませんよ——と言って。

で、そのときのぼくは、なにかの用事で、ちょうど外出しかけていたときでした。実はいま出ていこうと思っていたところだと告げると、三島さんは、遠慮がちな声でこう聞いたんです——「もう少し、ぼく、このアパートにいてもいいでしょうか」と〉

何年かたってからの三島のことを考えると、これは、ほとんど信じられないほどのシーンである。

ニューヨークじゅうの芝居という芝居は、もう見てしまった。ホテルへ帰れば、白髪の老婆たちが待ち構えている。外をぶらぶら歩いて、これ以上の孤独感にさいなまれるよりは、持主のキーンさん自身が「アムステルダム・アベニューの、あまり上等でない」と言うアパートの中に、三島は、痛々しいほど敗北的な逃避の場所を求めたのだった。

「東京もだんだんさうなりつつあるが、ニューヨークといふ町は、人間と人間、人間と物とが、もう直接に触れ合ふことのできない町になつてゐる」（「手で触れるニューヨーク」『毎日新聞』六六年一月一日）

「見知らぬ他国では何もかもが怖（おそろ）しい。郵便局や銀行へも一人ではゆけず、バスや地下鉄に乗つたつてどこへ連れて行かれるかわからない。善人と詐欺漢（さぎかん）との区別もつかず、すべてが五里霧中である」（『裸体と衣裳』）

……このような記述は、もしなんの予備知識もなしに読めば、海外旅行をしてきた文士の、ごく通常の旅行雑記にすぎないのだが、キーンさんに内輪話を聞いたあとで読みかえすと、冬のニューヨークに一人ぽっちでほうり出され、安ホテルのベッドでひざを抱えていた孤独な三島の深淵（しんえん）からの叫びがこめられているように感じられるのである。

彼の自己改造の試みは、実をいうと、この孤独なニューヨーク旅行の少し前から始っている。

一九五五年八月、三島は、自宅でボディービルの練習を始めたという。同じ年の十二月からはジムに通った。五八年、ニューヨークからスペイン、イタリアをまわって帰国してまもなく、ボクシングのトレーニングを始めている。

「私は自分が住みたいと思ふ理想的な世界を考へるのだが、そこではボクシングと芸術とが何の不自然さもなしに握手してをり、肉体的活力と知的活力とが力をあはせて走り、生と芸術とが微笑をかはしてゐるのである」（『ボクシングと小説』）

剣道修業もこのころに始る。そして六七年四月には、はじめて自衛隊への体験入隊である。

この間に結婚と白堊(はくあ)コロニアルふうの自邸の新築を織り込んで、三島の精神と肉体の遍歴は、ますます〝敗北〟から遠ざかり、ふてぶてしいほど自信に満ちたものになってくる。かつての弱々しく、傷つきやすかった三島は、いつのまにかトレーニングの汗を洗い流すシャワーのしぶきの中に消えてしまう。彼自身の言葉を借りれば「ちやうど成り金がむかしの貧乏を隠す」ように。

こうした行動の論理を集大成したかたちになったのが『太陽と鉄』（六八年十月）だった。鉢巻と下帯だけの姿で、まさに日本刀を抜き放とうとする著者自身の写真をカバーにあしらったこの本には、二年後の自決を暗示する伏線が、いたるところにちりばめられている。

彼の死後に出た評論のいくつかが「三島は、もはや文学者ではなかった」といった趣旨のものだった理由のいくつかは、この本の中の、たとえば、つぎのような脱インテリ宣言の一節が関係しているものと思われる。

「想像力といふ言葉によつて、いかに多くの怠け者の真実が容認されてきたことであらうか。肉体をそのままにして、魂が無限に真実に近づかうと逸脱する不健全な傾向を、想像力といふ言葉が、いかに美化してきたことであらうか」

この問題多い作品についてのキーンさんの評価はこうだ――

〈正直いうと、『太陽と鉄』という作品、ぼくはわからないのです。

あれが出版されてからのことですが、三島さんが手紙をくれました。「自分のことを知りたいと思ったら、ぜひ『太陽と鉄』を読んでくれ」という内容でした。手紙を書いたとき、三島さんは、自分でもおそらくそう信じていたんでしょうが、ぼくには『太陽と鉄』がわからないし、別の意味では、あの作品、大きらいです。

あれが、はたして、ほんとうの三島さんだったんでしょうか。あれを読めば、三島さんのことがわかるというんでしょうか。もちろん、部分的には、十分に理解できるところもないではありません。だが、全体としては、なんともいえない不愉快な作品

なんです〉

『太陽と鉄』は、三島の「文武両道宣言」といってもいい性格のものだが、それだけに、彼を文学者と見たい人とそうでない人とのあいだに論議が分かれるゆえんでもあるのだろう。『英霊の声』『憂国』『十日の菊』の二・二六事件三部作と並んで、『太陽と鉄』は、三島文学の中で、もっとも位置づけのむずかしい、へたにさわるとやけどをする作品だといってもいい。

『太陽と鉄』によると「武」の原理は「死に対する燃えるやうな希求が、決して厭世（えんせい）や無力と結びつかずに、却（かへ）つて充溢（じゅういつ）した力や生の絶頂の花々しさや戦ひの意志と結びつくところ」にあるとされている。

一方の「文」の原理は「死は抑圧されつつ私（ひそ）かに動力として利用され、力はひたすら虚妄の構築に捧（ささ）げられ、生はつねに保留され、ストックされ、死と適度にまぜ合はされ、防腐剤を施され、不気味な永生を保つ芸術作品の制作に費やされること」と規定される。ひとことで言えば、

武――花と散ること

文――不朽の花を育てること

そして「不朽の花とはすなはち造花である」ということになる。

はたして抑圧、虚妄、保留、防腐剤……といったマイナスのベクトルを持った言葉だけしか「文の原理」には関係しえないのだろうか。『太陽と鉄』の中で武と文を引離し、それぞれ別個の原理を与えた三島は、あるいは武を武勇と、文を文弱といっしょくたにする過剰単純化の過(あやま)ちを犯したのではなかったか。「ちからをもいれずして、あめつちをうごかし、めに見えぬ鬼神をも、あはれとおもはせ、をとこをむなのなかをもやはらげ、たけきものゝふのこゝろをも、なぐさむるは哥(うた)なり」という、紀貫之(きのつらゆき)いらいの芸術への日本人の強い信念を、文学者・三島由紀夫は、少しあっさりと投げ出しすぎたのではないだろうか。

〈『太陽と鉄』の中には、どう考えても信じられないようなことが書いてあります。たとえば、あの神輿(みこし)をかつぐくだりですが……〉

キーンさんが指摘するその体験とは、三島が「一つの外国語を学ぶやうにして、肉体の言葉を学んだ」と自称するきっかけになった行為である。

若者たちが神輿をかついで練り歩く。かつぎながら、顔をのけぞらせ、青空を仰いで陶酔している。その陶酔がどんなものか、三島も、神輿をかついでみる。その結果、わかったことは——

「この空は、私が一生のうちに二度と見ることはあるまいと思はれるほどの異様な青空で、高く絞り上げられるかと思へば、深淵の姿で落ちかかり、動揺常なく、澄明と狂気とが一緒になつたやうな空であつた」

　また、

「その揺れ動く青空、翼をひろげた獰猛な巨鳥のやうに、飛び降り又翔けのぼる青空のうちに、私が『悲劇的なもの』と久しく呼んでゐたところのものの本質を見たのだつた」（いずれも『太陽と鉄』）

〈お神輿をかついで、青空を見て、そんなことを考えるなんて、ぼくは、ちょっと信じることができないのです。

　あの人は、もともと、子供のときに神輿をかつぎたかったのでしょうが、お祖母さんが許さなかった。おとなになって、初めて念願がかなったわけです。しかし、もし、いたずらをやるような気持でやったとすれば、それはそれで〝無邪気〟ということで済んだんでしょうが、神輿をかつぐことに理由をつけ、なにか哲学的な意義をそこから汲みとることは、少し不自然なように思えてなりません。

　三島さんは、非常に自意識が強かった人です。だから、その瞬間に考えていたことは、カンぐれば、こんなことではなかったかと思います。

「オレは、いま、こうやって若者たちといっしょに神輿をかついでいる。人々は、みんな見てるんじゃないだろうか。どうだ、オレも若者に負けないほどりっぱなからだだろう」といったふうなことを、です。

空を見て〝詩的直観〟を持つような余裕が、ほんとうにあったのでしょうか。まあ、その体験から何年かが経過した後になって、当時を思い出して、改めて哲学的な回想を創(つく)ることはできたかもしれませんが。

もう一つ言えることは、三島さんは、自分にとってもっともやりにくいことを、一度やってみたいという気持だったんでしょう。

衆目にさらされながら神輿をかつぐなどということは、裸になって大きな舞台に立つようなもので、どんな人にとっても苦しく、不愉快なものであるはずなのに、それを敢えてやってみたんでしょう〉

――キーンさん、ちょっと待ってください。彼は、はたして〝不愉快〟だったでしょうか。あの人は、ご存じのように、自己顕示欲の極端に旺盛(おうせい)な人だったじゃありませんか。半裸で神輿をかつぐことは、苦痛というよりは、むしろ露出がもたらす快感、それからくる陶酔の愉快がなかったかと思いますが。

〈いや、それはそうかもしれませんが、それとは違う意味において、あの人は「自分にとって、一番やりにくいことをやったぞ」という気持だったんじゃないかと思うん

です〉

――つまり、一つの挑戦(チャレンジ)をものにしたという手ごたえですか?

〈そう、挑戦です。これは、もちろん、ぼくの想像にしかすぎません。三島さんの嫌いな「想像力だけにたよる」というやりかたで発言しているわけですが……。つまり『太陽と鉄』を読んだとき、ぼくは、なんとなく「これが三島さんの本心なのかなあ」と首をかしげたのです。青空を見てこう考えた――と、三島さんは書いている。しかし、ほんとうに青空だったかどうかさえわからないんです。それは、ひょっとしたら、三島さんの頭の中で、どうしても青空でなければならなかったんじゃないでしょうか。あの人の陶酔をむりやりにカンぐってみることは、あるいは下司(げす)の所業かもしれませんが、あの場合、もし曇り空だったら都合が悪かったのではないか、と思うのです。

話が少しとぶようですが、それは、ちょうど芭蕉が日光へ遊んだときの句、

あらたうと青葉若葉の日の光

が、曾良(そら)の日記によると、実は曇った日に詠(よ)まれたものであるのと似ているような気がします。『奥の細道』の芭蕉も、太陽が出ていなかったにもかかわらず、どうしても「日の光」――日光にちなんで――でなければならないと思ったのでした〉

──しかし、それは単にポエティック・ライセンス（詩的特権）の一つではないんでしょうか。

〈まあ、そうでしょう。しかし、こともあろうに、想像力を否定する論文の中にそれを書く、しかも、そういった記述が多すぎるというのはどうでしょうかね〉

神輿をかつぐという三島の行為が、強い意志力によって行われたものだということに、私はキーンさんと話すまで気がつかなかった。だが、そういわれてみると、作家としての三島の生涯は、私が知るかぎりにおいても、常に強力な意志の力によって牽(けん)引(いん)された非常に作為的なものであった。

〈神輿をかついだときだけではありません。三島さんは、小説を書いても戯曲を書いても、要するにいつも実験であり、挑戦を一つ一つ突き破っていくという姿勢だったのです。

もちろん、真面目な実験もあれば、不真面目な実験もありました。あの人が「毎月、十日間はつまらないものを書いて、それで生活をしている。あとの二十日間はほんとうの仕事をする。だが、その収入はわずかなものだ」と言っていたのを覚えています。「つまらない」作品を、あの人は絶対に全集の中へ入れなかったから、ちょっと調べればシリアスなものとの区別はすぐにわかります。『美徳のよろめき』などは、もともと、そんな目的で書き始められたのかもしれないが、途中でいい小説になった例です。完全な成功とは言えないんですが、三島さんでなければ書けない場面がいくつもありますから〉

『太陽と鉄』の中に盛られた「文武両道」をもう少し追っていくと「文化概念としての天皇」を論じなければならず、そうなると三島の自決の意味に真っ正面から取組まねばならないことになる。だが、実をいうと、私は「文化概念としての天皇」の論旨に、いささかついていけないものを感じていて、従って「文武両道」の議論に深入りすれば手に負えないことになってしまう予感がするのだ。

三島崇拝者のうち多くは「文学だけを切り離して三島を論じてはならない」と、しきりに彼の武人性を強調している。これは、三島文学の愛好者にとっては迷惑なことと思われる。文武両道──→文化概念としての天皇──→自決と展開していく論理についていけなければ『鏡子の家』や『宴のあと』『金閣寺』『豊饒の海』の美しさはわからないのだろうか？

あの日、市ケ谷の庭に立って、三島の演説を聞き檄(げき)を読んだ人々の中の私も一人なのだが、かといって私は檄の内容（そして三島の死の意味）を完全に理解しているわけでもないし、まして同意しているのでもない。

この章のはじめで、晩年には超人的な意志力と筋肉をそなえていた三島が、ふとしたはずみに見せた弱さを書いていたのだが、いまは話を再びそこへ戻したいと思う。

弱さに対して後年の三島が示した猛烈な嫌悪感は、たとえば、つぎのようなはげしい言葉になって表現されている。

「太宰治の小説なんかの、いまもっている青年に対する意味というものね、僕は太宰治嫌いだから、偏見はあるかも知れないけれども、やはりいまでもアピールしていることはたしかですよ。自己憐憫、それから『生まれてすみません』。それから『自分はこんなに駄目な人間だけれども、駄目な人間でも一言いわせてもらいたい』。あれが埋没された青年というものに訴えるのですね。青年というのは、いかに大きなことを言っていても、やはり自分が埋没している」（『対話・日本人論』）

これに対して林房雄は「日本ではヒューマニズムが自由や美の等位概念として用いられている。太宰も人間的であり、亀井（勝一郎）も人間的である。軽蔑すべき人間どもだ」と答えている。

〝危険な思想家〟二人が対座して、もう少しのところで「刀」への信仰をあからさまに口にしようとしている。実に勇ましい、ないしは荒っぽい、としか言いようのない議論である。

〈ルース・ベネディクトの『菊と刀』ですが、三島さんは、きっとあの本の愛読者だったことと思います。ベネディクトは、べつに菊と刀のどっちがいいとか悪いとかは書いていません。「日本」を分析していって、菊と刀という二つの側面があることを、単に指摘しただけでした。

　三島さんの考えは、おそらくベネディクトのそれとは違っていたことと思われます。菊と刀の両面を備えているものが真の日本だ、その両面がなければ、ほんとうの日本はない。そう信じていたようです。ある意味では、だれも、これを否定することはできないんです。

　文学でも、菊の文学だけを読んで、平家物語や能の修羅物のような、もう一つの側面を完全に無視すれば、それは非常にかたよった日本文化論だというべきでしょう。もっとも、だからといって、これからの日本人が、もっと「刀」に力を入れるべきかどうか、ぼくにとっては、たいへんに疑問です〉

　その『菊と刀』だが、その中の一節――

「……これらすべての矛盾が、日本に関する書物のたて糸と横糸になるのである。それらはいずれも真実である。刀も菊も共に一つの絵の部分である。日本人は最高度に、

喧嘩好きであると共におとなしく、軍国主義的であると共に耽美的であり、不遜であると共に礼儀正しく……」（長谷川松治訳）

ベネディクト女史が一九四六年に書いたこの本の中の重要なくだりが、まるで三島由紀夫という矛盾に満ちた人物の出現を予知してでもいるようなのは不思議なことである。

「文武両道」――ペンをとる文学者も、刀をとることができる。危険を排除した文化はありえない。日本文化も同様である。そこまではまあいい。しかし、尼寺の美しい庭にも、流血の予感がありうる。……これは、ちょっとのみこみにくい逆説である。

〈三島さんは、逆説的な表現が非常に好きでした。たとえば、春日井建氏の歌集『未青年』（作品社）の序文に「短歌ほどナマナマしいものはない」といったことを書いています。

たいていの人は、短歌といえば古今集です。優雅、幽玄が、すぐ頭に浮かびます。実際、和歌には血なまぐさい描写などはまず出ないものですが、あの人の考えでは、相当に強く、悪くいえば動物的な感情が、短歌の中にもなくてはならないのでした。

表面は、あくまでも五七五……の音節を守っている。しかし、その内部には、ちょうどバロック建築のように、複雑でナマナマしく、はげしい感情がはいっているはずだ、と感じていたのです。

三島さんは、バロック建築が好きでした。だから、短歌の中にも、ことさらにバロック的なものを求めたのかもしれません。

さっきの話の、美しい庭についても、似たようなことが言えると思います。尼寺の庭は、なるほど美しいかもしれないが、しかしそういう庭が危険な場面になりうる可能性も無視してはならない。三島さんは、そう考えたのでしょう。

〝危険〟の可能性は、いつでも、どこにでもあります。だが、いくら三島さんでも、切腹の場としての庭を認めても、円照寺の庭からライオンが出ることは望んでいなかったでしょうよ。日本としてありそうな危険、日本としてありそうなはげしい感情がなければ、日本的な美は無意味だ、と言いたかったのです。

三島さんは、自分の作品の中に、常に恐ろしい一面、危険なものを入れたかったんです。かわいい、やさしい、大和撫子(やまとなでしこ)そのもののような女性でも、トラのような性格を十分にそなえうる。そう信じたかったものと思います〉

むしろ鏡花に

木守——「きまもり」というのだそうで、餅花のように、こずえに残った柿の実のつややかな季節だった。その「木守」は、ここから一衣帯水の高松の銘菓でもある。

日が暮れかかる鷲羽山の展望台には、私たちのほかに一台の観光バス、一人の遊覧客の姿もなく、播磨灘から水島に至る瀬戸内は、見渡すかぎり私たちのものであった。

「遠きをば弓で射、近きをば太刀できり、熊手にかけてとるもあり、とらるるもあり、引組んで海に入るもあり、さしちがえて死ぬるもあり」という水島の古戦場は、目の下にあった。平和な、そしてこのうえもなく日本的な風景の中に血なまぐさい危険の残像がただよっている。ここまで来る途中、話しながら来たことの内容に、あまりにもつきすぎた景色だけに、妙になまなましかった。

刻一刻に色を失い、たそがれの中に沈んでいく平家物語絵巻の中に、下津井通いの船が、エンジンを響かせながらはいってきた。

鷲羽山からの帰途、なんのことからか、泉鏡花の話になった。おそらく、やはり三島由紀夫に関係してのことだったと思う。三島の自伝小説『仮面の告白』で、重要な役割を演じる彼の祖母、夏子は、鏡花全集の初版本をそろえて持っていたという。お祖母(ばあ)さん子だった少年時代の三島は、よくそれを引張り出して読んだらしい。鏡花一流の絢爛(けんらん)でメリハリのきいた文体から、鬼才三島はなにを学んだのだろうか。

『定本 三島由紀夫書誌』(島崎博、三島瑤子共編)にも、三島の蔵書の中に、あるいは祖母から譲り受けたものと思われる明治三十年代刊の『鏡花全集』(春陽堂)が登載されている。

しかし、私にとって鏡花といえば、やはり新派で、いまの若者なら笑いとばすかもしれない早瀬主税(ちから)のジレンマが、二十年前には、それでもいくらか真実味を持って胸に迫ったものだった。学生時代を武智歌舞伎で育った私は、ついでというわけではないが、そのころ京大阪へ来た新派はほとんど見ていた。能、狂言から歌舞伎、文楽、新劇まで、日本のあらゆる舞台芸術に通暁(つうぎょう)し、その見巧者であるキーンさんを相手にまわして、私がいくらかでも優位に立てるものといえば新派くらいで、従って一人相撲のようなかっこうで思い出話をしているうちに、自然と興奮し、一葉や鏡花のものの舞台が、ことさらに懐しく思えてくるのだった。

その新派、だが、お蔦になった喜多村緑郎も花柳章太郎も、それから大矢も英も、いまは亡き人である。あのころ、妙子になった水谷が、人力車で南座の花道から出てきた瞬間には、それこそ春の花の八重に咲きこぼれるはなやかなういういしさがあったものだった。いうまでもなく鏡花ものは新派の華である。

〈三島さんが「近代能」を書くようになったのは、きっと鏡花の影響だったんじゃないかと思います。

鏡花の初期の作品、たとえば『高野聖』などでは、化け物が出るのは人里離れた山中です。旅僧が、道の真ん中に「のたりと橋を渡して居る」ような大蛇をこわごわ踏み越えたり、山ヒルが降る森を抜けたりしたところに一軒の山家があり、その前に白痴が立っているという設定です。そして、谷川の行水に案内してくれた女の裸身に、猿がぴったりと抱きつくというようなことがあります。つまり、いかにも仔細ありげな情景の中に化け物が出るわけですね。

それが、同じ鏡花でも後期の作品になってくると、ごくふつうのところにお化けが出始めます。一見、出そうもないところに出る。それだけの差が出てくるんです。

「昼間のお化けが一番こわい」――三島さんも、よく、そう言っていました。『高野聖』のように、それらしい場所に出てくるのは、かえってこわくない。だが……〉

『高野聖』は、明治三十三年、鏡花二十八歳のときの作品である。ぞっとするほどこわい小説だが、舞台が飛騨の山の中であるせいか、いくらかでも距離を置いて鑑賞することができる。

これが、大正三年に書かれた鏡花の「物狂いもの」の傑作『日本橋』になると、人魂は、東京の色街の露地の細路に駒下駄を鳴らすようになる。たばこ屋があって、腕白小僧たちがおぼこ娘をいじめていて、上野行の電車が白い火花を飛ばしながら走っている……そんな日常性と隣りあわせになった露地口を背景に、薄命だった芸妓の生き霊は、きまって同じ姿でうしろ向きに立って「すいと入ると途中で消えて、あとは下駄の音ばかりして格子が鳴る」といった調子で現われる。

〈お化けは、三島さんの『近代能楽集』にもしばしば出てきます。なぜ、お化け――それは、あるいは幽霊、生き霊、鬼、などという言葉で表現できるかもしれません――が出るか？　それは、三島さんがお化けを信じていたからなどじゃなくて、明らかに鏡花の影響を受けていたからでしょう。

「近代能」では、ごくふつうの場所、たとえば『綾の鼓』なら、現代の銀座にある弁護士の事務所に、老小使の亡霊が出ます。『高野聖』のような森の中に出るのだったら、不思議でもなんでもないのですが、それがビルの三階に現われると意表をつきます。効果も面白い。三島さんは、それをちゃんと知っていたんでしょうね。

『葵上（あおいのうえ）』もそうです。舞台は非常に近代的な病院で、看護婦もまたごく現代的な言葉で、精神分析療法のことなどを語るんです。六条康子の亡霊は、そんなところへ銀色の自動車に乗って登場します。そして葵のまくらもとの電話が不思議に鳴る。ほんとうに、ぞっとするような幕切れです〉

『葵上』の幕切れ。そこでは、ドアの外から不思議な魅力の女、六条康子の生き霊の声が「手袋を忘れたの。電話のそばに、黒い手袋があるでせう。それをとつて頂戴（ちやうだい）な」と聞えてくる。光（ひかる）は、病床の妻のことを忘れ、ふと手袋を取上げてドアに向う。

　葵のまくらもとでは、電話から、ほんものの康子の声が「もしもし……」と呼び続ける。ベッドの上の葵は、電話のほうに手をさしのべながら、ト書によると「おそろしい音を立てて床の上に転がり落ちて、死ぬ」。凄絶（せいぜつ）なクライマックスである。

　古典に触発され、能を下敷きにした現代ものの戯曲「近代能」を書くという試みは、実は三島とは関係なく、キーンさん自身の頭にも浮かんでいたことだったという。

　木下順二と仲の好かったキーンさんは、彼が民話から『夕鶴』のテーマを得たことに特別な興味を抱いていたが、素材が民話にかぎられているのが残念でならなかった。「私は彼（木下順二）に、たとえばなぜ小野小町の物語を現代の作品に適用しないのか、それは貴族階級だけのものでなく日本人全体の遺産のひとつではありませんか、とたずねた」（『日本との出会い』）

木下順二は、だが、能に興味を示さなかった。ところが、「何カ月かたって嶋中（鵬二）さんが、これも伝統的な日本の素材を作品に使うことに関心をもっているもう一人の作家に紹介してくれた。

驚いたことには、彼は実際、小野小町を主題にして現代劇をすでに書き上げているというのだ。

その作家とは、いうまでもなく三島由紀夫氏であった」（同前）

キーンさんと三島を結びつけたのは「近代能」だった。一流の狂言師であり、『碧い眼の太郎冠者』の著書もあるキーンさんと、若いころから能に通い、この古典劇の主題を「近代能」の中で現代化しようとした三島との出会いは、まるで因縁の糸に引かれたようなものであった。

『近代能楽集』が新潮文庫に収められたとき、巻末の解説を書いたのもキーンさんで、そこには、この三島作品の評価が、つぎのような言葉で書かれている。

「『近代能楽集』にはいろいろのテーマが展開するが、すべての曲に一貫しているのは三島氏の古典文学に対する尊敬と挑戦である。これによって彼は能を現代化することに成功したに止らず、新しく、すばらしい二十世紀の文学を拵えた」（『日本の作家』所収）

こんにち『近代能楽集』は、国内よりも海外でよりひんぱんに上演される数少い日本の戯曲の一つである。

〈ところで、化け物といえば、鏡花には『眉かくしの霊』があります。あの作品では、洗面所の水道から水のもれる音に、とても神秘な意味があるんです。もともと神秘でもなんでもない水の音が、神秘な意味を持つのがこわいところです。そして、この物語をする料理番が最後に見る化け物は、どんな化け物だと思いますか？〉

『眉かくしの霊』の、そのくだりは、こうである――

「旦那、旦那、旦那、提灯が、提灯が、あれで、あ、あの、湯どのの橋から。……あ、あ、あゝ、旦那、向うから、私が来ます。私とおなじ男が参ります。や……」

〈そうです。ごく平凡な男にしかすぎない料理番が、自分と同じ人間の姿を見るんです。こんなに恐ろしいことがあるでしょうか〉

お化け、とくにお化けが出る場所のことについては『予の態度』という短い談話の中で、鏡花自身が触れている。

「私がお化けを書く事に就いては、諸所から大分非難がある様だ……いつかも誰かから『君お化を出すならば、出来るだけ深山幽谷の森厳なる風物の中へのみ出す方がよからう、何も東京の真中の而も三坪か四坪の庭へ出すには当るまい』と言はれた事がある。が然し私は成るべくなら、お江戸の真中電車の鈴の聞える所へ出したいと思ふ」

これに続いて、鏡花は、お化けは自分の感情を具体化したもので、幼いころに聞いた鞠唄などの残酷な歌の調子の、なんともいえぬ美しさが胸にしみ、それがお化けに変るのだ、と説明している。そういえば、心の中で「死ねば可い」と念じながら夫の看病をする『化銀杏』の狂った貞婦は、鏡花作品に登場する人物の中でもとりわけ残酷このうえない女だが、その女主人公は、三島の作品『愛の渇き』の悦子がチフスの夫のことを心の中で「はやく死んでしまへ！　はやく死んでしまへ！」とののしる場面に、おもかげを残しているように思えるのだ。

しかし、鏡花にとってお化けが感情の具体化であったなら、三島のお化けは、彼のなにを具体化したものなのだろうか。

〈お化けじゃありません。日本語に対する三島さんの愛着は、鷗外よりも、むしろ鏡花から学んだものだと思います。三島さん、あるとき、こんなことを言っていました。「泉鏡花の語彙の豊富さは、まったく不思議だ。一人の作家が、あれほど多くの言葉を自分のものにするなんて、とても想像できない」と。

だが、鏡花と同じ賛辞を受ける資格を持った作家が、日本にもう一人いました。それは三島さんなのです。ぼくのような、一語ずつ拾っていく翻訳者でなければ、わからないことでしょう。そういうことに気がつく日本人は、めったにいないでしょうがね〉

日本人よりも綿密に日本文学を読み、ある意味では日本文学をよく知っているキーンさんの博識とフレッシュな指摘に、私は、ただ聞きほれるばかりである。大作『日本文学史』に取組んでいるキーンさんは、この旅行のころ、ちょうど泉鏡花にとりかかっているところだった。


おそらく鏡花研究中の実感だろうと思われるのだが、キーンさんは『波』（新潮社）に鏡花の文章のことを書いている。引用されているのは『湯島詣』の一節である。

「爾時、黒縮緬の一ツ紋。お召の平生着に桃色の巻つけ帯、衣紋ゆるやかにぞろりとして、中ぐりの駒下駄、高いので丈もすらりと見え、洗髪で濡手拭、紅絹の糠袋を口に銜へて、鬢の毛を掻上げながら、滝の湯とある、女の戸を、からりと出たのは、蝶吉で……」

キーンさんは、続けて、こう書いている。

「訳者は、正気の人間なら、こんな文章の翻訳を諦めるだろう。普遍性に乏しいかも知れないが、読むと、日本語という国語があることに感謝する他はない。……こんなに鏡花の小説にほれている私に、『翻訳する意思はないか』と問われたら、返事は簡単である。『とんでもない、この快感を得るために三十年前から日本語を勉強したのではないか』と」

こんな文章からも、キーンさんが日本の文学、そして日本語に深い愛情を感じていることを立証するのはむずかしいことではない。ただ愛情だけではなく、その感受性の鋭さは、たとえば市川の陋屋に永井荷風をたずねたときの荷風の話しくちを「それは私のきいた限りの最も美しい日本語だった。……彼の日本語がどうしてそんなに美しく響くのかわからなかったが、私は音楽のように聞きほれた」（『日本との出会い』）と書いている、その反応ぶりからもうかがうことができるのである。

だが、こうしてキーンさんといっしょに旅行をしてみると、この〝日本語の恋人〟をささえているものが、単なる日本語の美しさへのあこがれだけでないということがわかるのだ。日本文学へのキーンさんの傾倒をささえているものが、実は、もう一つある。それは「日本人だけにしかわからないものはないはずだ」という強い信念である。

「なるほど面白い見方だ。それは、まさに外人の方が考えそうなことですね」と言われることを、キーンさんは極度に嫌う。感受性に国籍はないはずだ、という信念。それが、日本語への愛情だけではおそらく不可能だったに違いない精力的な仕事を、この三十年間、キーンさんにさせ続けているのだろう。

万葉、古今でも、近松、西鶴でも、大江健三郎、安部公房でも、能でも文楽でも新劇でも、およそ日本人にわかるものが外国人にわからないはずがない。わかるからには、翻訳できないはずがない。キーンさんは、堅くそう信じているようだ。これは美学のコスモポリタニズムである。

だからこそ、鏡花のてんめんたる江戸情趣的瑣末(さまつ)主義に出会ってもたじろがないし、近松の道行を訳すこともできたのだろう。事実、『心中天網島』道行の「橋づくし」のように、同じ日本人でも大阪をよく知っている人、それもかなり年輩の人でなければわかりにくいものがある。それを英語に置きかえてみようと試みるからには、よほどの強い信念が日本語への愛情と手をたずさえていなければならない。いや、三島の態度を援用するなら、鏡花作品の絢爛たる語彙は、キーンさんにとっては、かえって一つの〝挑戦〟になるのだろうか。

〈翻訳者として、ぼくは、三島さんの言葉の豊富さに驚いたんです。あの人は、たとえば、日本の古代の建築の、あらゆる特殊な個所の名前を知っていました〉

そう聞いて、思い出すことがある。三島の『小説とは何か』の中に『舞良戸』という戸のことをどう書くかという話が出てくる。

横にこまかい桟がいくつも入った板戸のことで、お寺などで見かける戸なのだが、三島は「小説家は、言語表現の最終完結性を信ずる以上、第一にその『名』を知らねばならない。名の指示が正確になされれば、小説家の責任はをはり、言語表現の最終完結性は保障されるからである」と書いている。そして、「横桟のいつぱいついた、昔の古い家によくある戸」「横桟戸」「まひらど、といふのか、横桟の沢山ついた戸」などと書く作家を「小説家の覚悟のなさ、責任のなさといふ罪名に於て弾劾する」とこき下ろしているのだ。

小説家もまた職人である。職人であるからには、クラフツマンシップがなければならない。柔道家が投げ手と寝わざと、相手のわざに対する返し手をすべて熟知していなければならないように、あるいは大工がすべての木組みを知っていなければならないように、あるいは新聞記者がタイプライターを速く打てねばならないように……三島が説いているのは技術の重要さなのである。菓子職人が、夢でどんなに壮大な菓子を見たとしても、それを焼き上げる技術を持っていなければ、彼は菓子職人ではありえない。同じように、一人の小説家が、人生についてどれほど透徹した直観を持ち得ても、それを文学作品に焼き上げる技術……粉とイーストと砂糖とオーブンについての完璧（かんぺき）な知識がなければ、彼はいざ小説を書こうという覚悟を持つべきではない。そして、菓子職人が彼の焼いた菓子によって評価されなければならないように、作家もまた作品によって評価されるべきである。三島が強調しているのは、そのために必要な技術の価値なのであろう。

〈障子の縁（へり）の模様、着物の柄なども、あの人は実によく知っていました。たいていの作家なら「青味がかった生地に花の模様の」くらいでお茶を濁すところを、三島さんは、はっきりとその名で書きました。

特殊な名詞をよく使っていました。たとえば、「上が薄紫で、裾（すそ）へ向って徐々に濃くなる着物」に、カチッとした名詞を当てて表現しました。こんなことも、きっと鏡花の影響なのでしょう。

鏡花から三島さんが受継いだものが、もう一つあります。それはアテ字です。日本の現代作家で、アテ字を好んで使うのは、あの人くらいなものです。「マッチ」と書くところを「燐寸」と書くのが好きでした。これは、まあ、馬琴も同じようなことをやってるんですが、三島さんが一番近かったのは鏡花だと思います。

言葉の選び方も、一風変っていました。三島さん、変った字、とくに画数の少い字が、たいそう好きだったようです。

「セイ然たる」というときには、おそらく百人が百人とも「整然」と書くことでしょう。だが、三島さんは「井然」と書いたんです。字の形に、井桁のようなきちんと並んでいるさまを含ませたのでしょう。

人物の名前もそうでした。一例が『宴のあと』の沢村尹です。あの人は、この尹の字がとても好きで、たしかお嬢さんが生まれたときも、この字を使おうとして、当用漢字にないのでだめだったということがあったように覚えています〉

『宴のあと』という小説を、私は非常に好きなのだが、一般には「プライバシー裁判になったあの作品」というジャーナリスチックな形で記憶され、語られている。しかし、裁判になったことと小説そのものの価値とは、もともと本質的な関係がないものであるはずだ。

この種の混同はよく起る。たとえば上方の歌舞伎では「鴈治郎はうまいけれど、先代みたいにもうちょっと背丈があったら」といった式の批評である。俳優の芸術と、その背丈には、ほんらい本質的な関係は皆無であるはずだ。同じように、裁判になった小説の中にも、悪い作品もあればいい作品もある。『宴のあと』を、私は後者だと思う。なによりも、かづという女主人公がいきいきと、血肉を持った人物に書き上げられているのがすばらしいと思う。

〈賛成です。日本では、たしかにモデル小説として非常に有名になりましたが、外国では、あれがモデル小説だということをだれも知らないでしょう。それでも、『宴のあと』の翻訳は高く評価されました。三島作品の中の女性の中でも、かづはもっともよく書けているという評判が高かったのです。バルザックやフロベールのものにも劣らない、という批評さえありました。日本では、モデル小説として有名になったために、作品のよさがかえって顧みられなくなったようですが〉

ちょっと脱線するが、『宴のあと』は、のちに三島の人生に、非常に大きい役割を演ずることになるのだ。

ノーベル文学賞の順番が日本にまわってきたとき、川端康成と三島由紀夫の名が出た。どちらに与えても不都合はない、という判断だった。ところが、最終的な決定を下すスウェーデンに、日本文学の専門家がいない。いきおい英訳、独訳から推測するほかない。さいわい（あるいは不幸にも）一九五七年のペンクラブ大会に日本に来て二週間ほど滞在したスウェーデンの文学者がいた。ほかにエキスパートがいないものだから、彼はノーベル賞委員会に対して重要な助言をする役を与えられた。もちろん、二週間の日本滞在で、日本の作家の比較や評価ができるはずがなかった。ところが、その人物は、キーンさんが訳した『宴のあと』を読んでいた。『宴のあと』は都知事選挙に取材したもので、登場人物は革新党の候補である。そんなところから『宴のあと』は政治小説で、書いたミシマ・ユキオはきっと左翼（こともあろうに三島が！）だろうということになった。彼の助言をいれて、ノーベル賞は、より〝穏健〟で日本的な美を書いた作家、川端康成に授賞することになった、というのだ。

キーンさんは、このことの内幕をよく知っていて、いずれはどこかに書くことだろうが、初めてその話を聞かされたとき、私は唖然（あぜん）となった。あいた口がふさがらないとは、このことだった。

もう一度、鏡花に戻ろう。

——ところで、鏡花のものにある文章の一種のメリハリは、三島作品の中にも感じられると思うのですが？

〈そうです。鏡花の文章は、三島さんのそれに比べて、もちろん何倍も難解ですが、二人のあいだに似ている調子はあります。文章も似ています。

ぼくは、これまでは『高野聖』『婦系図』のような、ありふれたものしか読んでいませんでしたが、最近、鏡花のものをずっと広く読んでいくと、なるほどこの人が三島さんに影響を与えたんだな、と、思い当るフシが実に多いんです。

いつか、三島邸の書斎で、蔵書を見せてもらったことがあります。例の鏡花の初版本もあって、あの人はたいへん得意そうでした。実をいうと、鏡花の初版本は、さほど高価なものじゃありませんが、挿絵や装幀がとてもきれいです。なんとなく三島さんの本に似ています。三島さんも、装幀や活字についてはやかましい人でしたから〉

三島がインスピレーションを得たのは『近代能楽集』の謡曲や『豊饒の海』の浜松中納言物語だけではなかった。鏡花からも、レイモン・ラディゲからも、文楽や歌舞伎、あるいはラシーヌやギリシャ悲劇からも自由自在に借りてきて、べつに不都合だとも感じず、三島作品を読むほうも、とくに不調和を感じなかった。

〈たとえば『朱雀家の滅亡』は、あとがきを読むと、エウリーピデースの『狂えるヘラクレース』に基づいたものだそうです。しかし、もしそのことを知らなければ、日本の話としか思えないんです。ギリシャ悲劇と関係があるとは、とても思えません。だいたい、三島さんは、自分がインスパイアされた作品を、いつもカムフラージュし、上手に隠していました。

お能の場合でもそうでした。たとえば『近代能楽集』の中の「道成寺」です。あれは、ぼくは、とてもいいものだと思うんですが、どうしたことか日本では一度も上演されたことがありません。理解に苦しむんですが。あの「道成寺」に、ほら、意外な結末があるでしょう〉

三島の作品「道成寺」では、舞台は、紀州日高の道成寺ではなくて、古道具屋の店の奥ということになっている。白拍子のかわりに現代的な踊子の清子が登場し、鐘の供養のかわりにバロック風の浮彫りのついた大衣裳だんすのセリ売りが行われる。「三千円！　三千円！　三千円！」と、たんすの値段をセリ下げる清子の声や足拍子があって、それは能舞台で聞く太鼓のリズムを連想させる。

やがて硫酸の小ビンを持って、たんすの中に隠れる清子。鍵がかかって、内側からは悲鳴が聞える。だが、ややあって、戸を開けて出てきた清子は、もとどおりの顔だ。「道成寺」というからには、蛇体の出現を待っていた観客は裏切られる……という筋書である。

〈そうです。衣裳だんすの中から出てきた清子が、お化けになっていないでしょう。あそこで、三島さんの「道成寺」は、能の翻案であることをやめるんです。

あの人は、ほんとうに自由自在に、あらゆる材料を使いました。原作にもっとも忠実なのは、ラシーヌの『フェードル』に基づいた『芙蓉露大内実記（ふようのつゆおおうちじっき）』でしょうけれど、完全に消化されたものになり、ちゃんと文楽の言葉づかいで書かれています。

『サド侯爵夫人』にも、ラシーヌの影響は強く出ています。舞台の上で対立があるわけでもなし、意外な発展があるのでもありません。登場人物は、フランスの古典劇そのままに、長々と〝演説〟をします。しかも、その人たちは、サド侯爵夫人を例外として、一人一人が、善、悪、宗教、大衆などを代表しています。非常に様式的で、ふつうなら不自然さが目についてしかたがないところでしょう。しかし、三島さんは、そんな人物に生命を吹込み、彼の劇からは、なんとも説明のできない生き生きしたものが感じられるんです。実に不思議というほかありません〉

美作（みまさか）へ吹き抜ける風

倉敷で打切ってもいいし、これからさきどこまで足をのばしてもいい。気ままな旅行だから、私たちはかえって迷った。

選択可能な行先地の一つは尾道だった。奈良で旧志賀直哉邸の前にたたずんで、いまだにただよう言霊（ことだま）のようなものを吸込んできた私は、志賀文学ゆかりの尾道へ行ってみたい気にもなっていた。もう一つの選択は松江であった。これも魅力があった。松江という土地がらに加えて、キーンさんの友人であり翻訳者でもある篠田一士（しのだはじめ）氏が松江高校出身で、篠田氏はキーンさんが松江へ立寄るはずである旨（むね）をすでに地元の知人たちに知らせているということだ。それに、もし汽車の都合がよければ、松江から津和野への日帰り旅行ができるかもしれない。津和野、もとより鷗外の生地で、そこへ行けば、私たちはきっと鷗外的ななにかを見るはずだ。

中国山脈を横断して松江までの旅行にも、ひかれるものがあった。それは「伯耆から美作へと吹き抜けてゆく中国山脈の、あの凄じい野分のあとの白いしんとした道で、いつ死んでもいいと思いながら、あの人と冷たい接吻をした」という井上靖『通夜の客』を思い出させる旅路でもある。

汽車の時間を調べると、翌朝早く米子へ行く急行がある。それで、たちまち松江へ行くことに決った。

あすの予定が立ってしまうと、あとは夜の更けるまで話す以外になにもすることがない。倉敷のホテルで、私たちには、なにを話題にするにも十分な時間があった。大原美術館は、明朝、汽車が出るまえに多分ちょっとのぞいてみる時間があるだろう。だが、グレコもマチスもモネも、おそらくいつもの場所にいつものように飾られているだけで、格段フレッシュな感激を呼び起しそうにも思えない。私たちの会話は、じきに倉敷から離れてしまった。

キーンさんは、三島由紀夫と二・二六事件について、思いがけない内輪話をし始めた。

〈三島さんがつぎにどんな作品を書くか、それは常にクェッション・マークでした。たいていの作家は、実際に書く書かないは別ですが、「つぎには、こんなものを書きたい」と、自分の計画をよく口にするものです。それが、三島さんにかぎって、ぼくとの会話のあいだに、一度として〝つぎの作品〟を話題にしたことがなかったんです。かえって、ぼくのほうから提案(サジェスト)したことはありましたがね〉

かなり手のこんだジョークが好きなキーンさんは、つぎの作品のテーマに悩んでいる日本の作家に向って、とぼけた提案をすることがあるらしい。『日本の作家』の中には、安部公房にそれをやった話が書かれている。

「友人としての役割を果たすと同時に、多少の恩を売るべく筋書を二、三考え出して安部さんに提供しようと思い立った。例えば、ある王子は叔父が父親を殺した上、母親と結婚したことを喜ばず、途方もなく暴れるという話はどうか、とすすめてみたが……」

この提案は、もちろん、安部氏の採用するところとはならなかった。(なぜなら、それと同じ筋書は、すでにシェクスピアによって『ハムレット』なる戯曲に書かれていたからである)

三島作品についてのつぎの話は、だが、そんなふざけたジョークではない。以下しばらく一問一答の形で、キーンさんの話を再現してみよう。

〈一度だけですけれど、三島さんは、ぼくが提案したテーマの作品を書きました。あ

の人がそれを書いたのが、ぼくの影響だったというんじゃないんです。おそらく、単なる偶然の一致だったんでしょうけれど〉

――どんなテーマですか？

〈二・二六事件について書いてみてはどうか、と言ったことがあるんです。

純粋な人間の行動、まったく自分の利益を顧みずに行動した人、百パーセント理想のためだけに行動をした人間のことを書いてみたらどうだろうか、と、ぼくは勧めたわけなんです〉

――それは初耳でした。しかし、キーンさんが、そんな提案をしたということは、同時に、戦後日本の文学が、ほとんど完全に無視してきたテーマを掘起せ、と勧めたことになりますね。

〈そうなんです。戦後の日本文学には、一貫して軍人に対する偏見――あるいは敵愾心かもしれない――がありました。

ぼくは、べつに軍人が好きなんじゃありません。だが、日本文壇のこの〝軍人嫌い〟は、非常に不思議な現象だと思っていました。

一九三〇年代の日本に起ったクーデターやクーデター未遂事件を見て、外国人にとってとても印象深いことが、少くとも一つあります。それは、改革の原動力になった青年将校たちが、私腹をこやすとか、自分たちがえらくなるなどという邪念をまったく抜きにして、ああいう暴挙を起したことなのです。

　実利ではありません。彼らは、なにか純粋な理想のために行動を起しました。その理想は、あるいは完全にまちがった、狂ったものであったかもしれません。しかし、彼らに似た完全に無償の行為は、ドイツのナチやイタリアのファシストのあいだからは、絶対に起りえないことでした〉

　たしかに、個人の物質的な利害を離れた「至誠」「大義」などという観念は、日本のクーデターを除いては、あまり聞いたことがない。

また、二・二六事件の後始末に関係して、あのときに「神」であることを宣言すべきだった天皇が、それをしなかったことによって、クーデター主謀者たちの死が「大義の死」から一転して「犬死」になったという三島の考えかた（『英霊の声』）も、それがきわめて日本的なものであることは、異論のないところであろう。

「威ある清らかな御声が下って、ただ一言、『死ね』と仰せられたら、われらの死の喜びはいかほど烈しく、いかほど心満ち足りたものとなるであらう」（『英霊の声』）

　喜んで死ぬ、笑って死ぬということは、日本人の心の中に作動している一種いわくいいがたい生と死の親和力を示すものであろう。三島が書いているように「その純一無垢、その果敢、その若さ、その死」（「二・二六事件と私」）を伴って現われた一九三〇年代の決起将校たちのことは、キーンさんでなくても興味をそそられるところだ。思想的な水準での嫌悪感から、こうした右からのクーデターに、あえて顔をそむけるなら話は別だが、である。

――でも、二・二六事件について書いてはどうか、などという物騒な提案を、キーンさんは、いつ三島にしたんですか？

〈それが、どうしても思い出せないんです。だが、それよりも、ぼくがなぜ当時の青年将校たちに興味を持ったかを話しましょう。

実をいうと、ぼくがまずひかれたのは、五・一五事件のほうでした。

終戦直後のことです。中国へ行ったとき、五・一五事件にかなり深く関係していた一人の元海軍将校と青島で親しくなったことがありました。村山格之という人で、話すときには必ず「……でございます」調を使う、とても礼儀正しい人でした。で、その村山さんに何回も会っているうちに、あの事件のころ若い陸海軍将校がいだいていた理想や、中野正剛の哲学とかを、いくらか知るようになったんです。

もちろん、ぼくは、そんな考えかたに賛成だったわけじゃありません。ただ、そこに、なにかアメリカ軍の将兵に欠けているものがあることを感じたのです〉

一九四一年に太平洋戦争が始ったとき、キーンさんは、ニューヨークのコロンビア大学で、故角田柳作が教えていた日本思想史の講座の、たった一人の登録学生だった。角田は、一九六四年十一月、八十七歳で死ぬまで、コロンビア大学で四十年にもわたって「日本」を教えた碩学である。同大学に日本図書館をつくったのも彼だし、戦前、戦後を通じてコロンビアで「センセイ」と言えば彼のことを指していたといわれる人物だ。

開戦の日の大学の様子を、キーンさんは回想している。

「愛する二つの国の間の開戦はどんなに先生を苦しめたことだろう。彼は翌日の授業に出て来られなかった。敵性外国人として抑留されたということだった。空っぽの教室が私の最初の戦争の実感だった」(『日本との出会い』)

キーンさんは、それから日本語を教える米海軍語学校へ進み、日系一世や二世から日本語を習った。一年後には、そこを出てハワイへ送られ、そこで米海軍が押収した日本軍の書類などの翻訳をやらされた。

真珠湾への殴り込みが完全な奇襲になった理由はいくつもあるが、当時の内幕を書いたものを読むと、少くともその一つは、アメリカ海軍が、傍受した日本暗号電報を、まったく喜劇的な理由から解読をあとまわしにしていたからだった。緒戦のこんな失敗にこりて、開戦後の米海軍は、おそらく手にはいるかぎりの日本語の資料を片っぱしから翻訳、解読しようとしたものと推測される。日本語学校も、そのための人材養成を目的としたものに違いない。

だが、ホノルルに赴任したキーンさんやオーティス・ケーリ氏（現同志社大学教授）が実際にあてがわれた翻訳材料は、日本軍が玉砕あるいは転進のさいに遺棄した隊員健康調査書や備品明細書などという無価値なものにしかすぎなかった。ある日、どうしても、だれも解読できない乱数表のようなものが米軍の手に落ちた。が、キーンさんが苦心のすえ発見したのは、それが尺八の符であるということだった。いくら待っても仕事らしい仕事にありつけないキーン翻訳官たちは、一片の興味さえ抱きえない断片的な解読材料にいや気がさし、それをできるだけ詩的な英語に翻訳して、上級将校にどなりつけられたこともあった。

そんな単調きわまる生活のある日、キーンさんが偶然に手にしたのは、死闘の島ガダルカナルから送られてきた日本兵の手紙や日記だった。

ところどころ血にまみれたり、塩水に漬かっていたりしていたが、それを解読したときの喜びを、キーンさんは『日本との出会い』の中にこう書いている。

「交戦中に殺された男の最後の記録を読んではじめて、戦争というものが本当にどんなものかわかりはじめた。

……日本軍の兵士たちの耐えた困苦のほどは圧倒的な感動をよびおこした。それに引きかえ、週に一度検閲しなければならないアメリカ軍の兵士たちの手紙には、何の理想もなく、またたしかに何の苦しみもなく、ただただもとの生活に戻りたいということだけが書かれていた。戦争中ずっとこの対照が私の心につきまとってはなれなかった」

〈そうです。ぼくは、非常に近い距離からアメリカの軍隊を見ていました。しかし、理想をいだいて戦っているような米兵には、ただの一度もお目にかかったことがありませんでした。それは確実に言えることです。「もっといい世界のために、自分は戦死してもいい」などという文句は、アメリカの兵士の手紙の中には、こんりんざいなかったのですから。

日本の兵士は、家族に送る手紙の中ででも、「滅死奉公」とか「悠久の大義」などという言葉を使っていました。ぼくは、日本の軍国主義者の理想を受入れることは絶対にできなかったが、このような手紙を書き、日記をつけた個々の日本兵士には、敬意をいだかずにはいられませんでした〉

太平洋の島々で死んだ日本の兵士たちの気持は、あるいは戦陣訓にインスパイアされたものであったかもしれない。もちろん、イヤイヤながら死ぬ羽目に陥ってしまった日本兵も少くなかったはずだ。終ってしまった戦争を、安全な場所に立って振り返ったとき、私たちは、欲しさえすれば、どんなシニカルなことでも言えるのである。だが、少くともキーンさんを感動させた手紙の筆者が、ガダルカナルで一つの確信死を遂げただろうことは、疑いのないところである。彼の最期は、菊と刀という、日本人の心の中に流れる二つの伝統のうち「刀」をしっかりとふまえた死だったことと思われる。そして、こうした兵士たちの気持と五・一五事件の村山格之が口にした「悠久の大義」のあいだには、多少なりとも似かよったものがあったと見てもいいだろう。

家人に宛てた私信の中で説かれている「悠久の大義」を読んだキーンさんは、日本の進歩的評論家とは違って、即座に「天皇制教育の害毒」に思い至るなどということをしなかった。そんなことよりも、もっと素直に手紙の内容に感動し、「結局、日本人こそ勝利に値するのではないかと信ずるにいたった」（『日本との出会い』）のだった。キーンさんが青島で会った村山格之海軍少尉は、五・一五事件の実行に当って、重要な役割を演じている。

昭和七年五月十五日、海軍士官、陸軍士官学校生徒と血盟団事件の残党らが決起し、首相官邸、内大臣邸、警視庁、変電所などを襲った。これが五・一五事件である。そのとき村山は、首相官邸襲撃の裏門組になり、表門から乱入した三上卓らと合流して犬養首相を射殺している。

ワシントン、ロンドン両軍縮会議で、日本がのむほかなかった海軍の劣勢比率に反発した愛国心。それに加えて第一次世界大戦末期以来のデモクラシー熱、ロシア革命に刺戟されて起った社会主義、またその反動としての急進的日本主義……そんな混沌の中で、当時、反動保守の牙城のようにさげすまれていた軍部からは、昭和維新を志す青年将校が続々と出た。政党政治、話合いによる進歩を頭から否定し、極度に精神主義的な世界観を幻想の中に組立てていた彼らには、犬養首相の「話せばわかる」という醒めた説得は通じなかった。

ただ、結果的には凶弾を放って暴力事件を実行したわけだが、そこには「吾等は日本の現状を哭して、世に魁けて諸君と共に昭和維新の炬火を点ぜんとする」(五・一五事件の檄)といった、彼らなりの陶酔と理想があったことは否定できない。当時二十五歳だった村山少尉は、事件後、反乱罪に問われ禁錮十年の刑を受けている。

〈村山という人は、かなり積極的に決起に参加したんです。ぼくは、彼の話を聞いて、それが非常に日本的だと思いました。で、それから十年前後もたって三島さんと近づきになったとき、なにかのはずみに、あの人に向って、五・一五事件のころの日本を舞台にした長編小説を書いてはどうかと提案したのでした〉

そのとき、三島の反応は、意外なことだが、むしろ消極的なものだったという。

〈三島さんは「いや、書けない」と答えました。理由を聞くと「私は満州を知らないから」ということでした。「もし、いいかげんな知識で満州を書けば、高見順さんなどにばかにされる」。あの人は、そう言って断ったのでした〉

一つの作品の構想を持ったときの、三島の取材旅行が実に徹底的なものであったことは、いくつかの作品ノートを見てもわかる。書くなら、微に入り細をうがった現地取材をやらなくては気のすまなかった彼にとって、入国が不可能な中国東北地方の知識を必要とする小説を書くことは、とうていできない相談だった。

〈取材旅行があまりにも真面目すぎるので、ぼくは、ときどき三島さんをからかったほどでした。スタンダールは、一度もブザンソンへ行かなかったが、『赤と黒』という大傑作を書きましたよ、などとね。それを聞いて、あの人は、苦い顔をしていましたが、ぼくの言うことの意味はわかったようでした。

たとえば『獣の戯れ』ですが、あれには漁村の描写が長々と出てきます。波止場の近くにどんな建物があり、トタン屋根にどれだけサビがついているか……。三島さんは、そんなディテールが、小説のストーリーの背景としてぜひ必要なものだと思ったのでしょう。こまごまとしたことを書き込むことによって、自分は満足したかもしれません。だが、読者には、わざとらしい印象以外にはなにも与えないんです。

それほど微細なデータを知らされなくても、漁村の感じはわかります。細部の描写が、小説のためにぜひ必要なのなら、まだがまんをしてもいいんです。だが、あの小説のよさは、そんなところじゃなくて、全体の構成がりっぱな点にあります。

『獣の戯れ』の構成は、三島さんがウィーンの音楽会で、ベートーベンの『フィデリオ』を聞いているあいだに、突然、あの人の頭の中にひらめいたのだそうです。三島さんが、そう書いているのを読んだとき、ぼくは、なぜわざわざ舞台になった村まで出かけていって、わずらわしい描写をしなければならないのかと思いました。

あるいは、ぼくの推測が誤っているかもしれません。しかし、三島さんは実際に現地へ行って、その土地の情景をくわしく取材し、自分の手帳の中に書きこんだ観察結果を、そのまま小説の中に移したんじゃないでしょうか。そんなことは、小説そのものの価値にとっては、まったく無縁なものなんですがね〉

はじめのうちは三〇年代の日本を「書けない」といっていた三島は、結局、『英霊の声』『憂国』『十日の菊』という二・二六事件三部作を書いた。これが一冊の本として出版されたのは一九六六年六月のころで、この本はいうまでもなく三島文学の中の一つの（そして最後の）転回点として、非常に大きい意義を持つものだ。

　このころには、すでに『太陽と鉄』が雑誌に書かれている。『春の雪』の『新潮』連載も始っている。翌六七年には、はじめての自衛隊への体験入隊があり、三島の右傾姿勢はもはやのっぴきならぬものになり始めている。それは、さらに「楯の会」の結成へ、また作品では『文化防衛論』『尚武（しょうぶ）のこころ』になり、ついには『諸君！』掲載の「革命哲学としての陽明学」にまで行きつき、知が行を呼寄せることになるわけだ。

　一九六〇年の安保反対デモを首相官邸前で観察し、『英霊の声』を書いたころから、三島の中の美の理論化、思想化は右寄りに体系化され始める。やがて美の源泉としての天皇、文化価値としての天皇観が定着する。文化概念としての天皇、みやびの伝統としての天皇を守ることとは、すなわち日本を守ることになっていた。

　だが、「こういった（三島の）政治上の意見を、日本の右翼と同じだと決めつけるのは誤りだろう」と、キーンさんは『日本文化論』の中ではっきり書いている。

　三島は、右翼だったのだろうか？

〈ぼくは、そうじゃないと思います。その証拠に、三島さんは、日本の伝統的な右翼とは、まずなんの関係もなかったでしょう。それは、あの人が、『豊饒の海』の中で、飯沼茂之をどんな人物に書いているかを見ても、よくわかります〉

たとえば『奔馬』だ。右翼のいっぱしの大物である靖献塾頭の飯沼茂之は、息子、勲の純心から出た決起を察知し、事前に手をまわしてそれをつぶしてしまう。茂之が、そんな卑劣をあえてしたのはほかでもない。彼は、勲らが殺そうとした当の相手、財界巨頭の蔵原から大枚の金をひそかに受取っていたからである。

また、『暁の寺』でも、茂之は財を築いた本多繁邦をたずね、終戦のときに自刃をはかって胸につけたためらい傷を見せたあげく、五万円をもらって帰るいやしい男として描かれている。天皇を裏切るような実業家とカゲで手を結ぶ、いわゆる「日の丸ブローカー」の一人、唾棄すべき人物として登場させられているのだ。

〈それは、きっと、三島さんのほんとうの右翼観だったのでしょう。また、いつだったか、「楯の会」の演習で富士山麓へ行ったとき、米軍の大佐に会ってかわした会話のことを聞いたことがあります〉

三島自身も、そのときのばかばかしいすれ違いのことを書いている。

アメリカ人の将校が、「楯の会」の制服を着ている三島をつかまえて「われわれの共通の敵はだれだか知っているか」と聞いた。「だれか」と聞き返すと、将校は真面目な顔で「それはコミュニズムだ」と答えた。そのとたんに、三島は、ゲラゲラと笑ったというのである。

〈三島さんの考えでは、「楯の会」とアメリカの軍隊のあいだに、共通の敵などというもののありえようはずがなかったんです。立場がまったく違うんですから。

あの人の政治観には、いろいろ矛盾がありました。あの人自身も、とりたてて矛盾を解決、整理しようとはしませんでした。ただ、天皇という個人と天皇制という制度の矛盾については、非常に深刻に考えていたものと思われます。結局は、「天皇」は「日本」にほかならないという結論に達したようです。

どういう思考の過程を経て、そんなことを信じるようになったのか——いろんな人が、いろんな推理をしていますけれど、ぼくはぼくなりに、それは三島さんにとって美学的な問題だったのだと思っています〉

絶筆『豊饒の海』の中で、右翼をみっともない人物として描写した三島である。もし仮りに、晩年の評論の主流になった天皇主義や、これ見よがしにひけらかした気配のある林房雄への友情、そして最後に彼がとった行動がなければ、たとえ『豊饒の海』があったとしても、三島を右翼だと断じる人がいまほど多かったかどうかは疑問だ。

三島は、特定の思想集団や傾向に同調する必要を感じなかった。だから、ときには、右翼の中のもっとも頑迷な一派と等質に見られることもあったが、別の場所では——たとえば東大全共闘との対話集会の場合のように——「天皇」というひとことさえ得られれば、当時のもっとも過激な左翼とともにたたかうとまで公言したのだった。

〈ほかの人々に同調しないということは、相当の勇気を必要とすることだったと思います。また、東大の学生たちと議論するために乗込んでいったあの夜は、超人的な覚悟がいったことでしょう。へたをすると、殺されたかもしれなかったのです。

東大から帰ってきて、三島さん、学生たちのことを私に「彼らはモーレツに頭がいい」と言っていました。あのころの日本では「モーレツ」という言葉がはやっていて、なんでもかでも「モーレツ」でしたからね。で、あの人も「学生たちはモーレツに頭がいいが、彼らが言うことの意味はわからない」と述懐していました。要するに、東大の先生からいろいろな抽象的な言葉を教えられて、それを使ってしゃべっているんだが、しゃべっている学生自身が、自分のいわんとすることがわからない。そういう意味らしかったです。

ただ、三島さんの考えかたも、何回か変っています。とても機知に富んでいる人だったので、その場の雰囲気に合わせて、なにか突飛なことを言うときもありました。しかし、時とともに意見が変るのは、人間としてはあたりまえのことです。三島さん

の場合、厳密にいえば、一貫していたのは同調を拒否したこと、ということになるかもしれませんね〉

『私の遍歴時代』には、地下鉄の駅で、三島が小田切秀雄に「君も党へ入りませんか」と勧められたときの回想が書かれている。終戦直後の共産党が、知識人に対して持っていた知的吸引力はともかく、小田切氏の目も節穴ではなかろうし、そのころの三島に少しでも右翼的な気配があれば、こんな誘いはかけなかったはずと思われる。

〈そうです。それに、あの人は、一時は『近代文学』の仲間にはいっていたことがありました。「自分は天皇制には賛成する」という条件をつけてではありましたけれど。そのころは、むしろ〝進歩的〟じゃなかったのでしょうか〉

ところで、「牧師が入信をすすめるやうな誠実さ」で、小田切に共産党への入党勧告をささやかれたときのことを、三島は一種皮肉なほほえみを浮かべながら書いているのだが、実は、彼には、これに似たうれしい経験がもう一度あるのだ。

それは、彼がボクシングの練習をしていたとき、たまたまジムを見に来た平沢雪村（せっそん）が、三島をアゴで指して言った言葉である。

――「アレを、前座試合に出してみたらどうだ」

くらい手紙

車窓に見えたのは、山陽側では高梁（たかはし）川だった。それが山陰に入ると、逆の方向に流れる日野川になる。伯備線は絶えず清流をのぞきこみつつ、右に左に岸をとり変えながら進んでいった。根雨（ねう）、江尾（えび）などという不思議な名の駅を通り過ぎた。貨物駅には石灰石のホッパーが並んでいた。

やがて大山（だいせん）が、土俵に上る横綱のように、悠然と姿を現わした。圧倒的な威容である。まわりの群小の山々は、ただただ息をひそめて大横綱の手数入（でずい）りを見守るほかないと思われる力と品が感じられる。山陰にはいって、景色がメランコリックになることを、なんとなく予想していたのに、意表をつくように、あくまでも明るい大山の稜線（りょうせん）だった。

カーブの一つ一つで慎重にスピードを落しながら、陰陽両道を結ぶ列車は、ゆっくりと日本海側へ下っていった。

車窓の風景から目を離して、いつのまにか私はまたキーンさんの思い出話を聞いていた。

それは、日本でキーンさんが知りあいになったK教授のことである。教授は温厚篤実な人がらで、教育学を専攻する先生の学風も、これまた温厚篤実そのものだった。そんな先生が、あるとき、援助する人があったらしく、世界一周旅行に出立することになった。まだ日本人があまり出歩かないころのことだ。先生は、まずスカンジナビアへ行った。

職業がら学術書くらいなら読めるが、外国語の実用会話はからきしだめな先生だ。ストックホルムで市電に乗ったときなど、手のひらの上に適当に硬貨を並べて車掌に取らせた。行くさきざき、それと同じような不自由な旅行を、先生は悠々と続けながら、やがてニューヨークに到着した。

ニューヨークには、幸い旧知のキーンさんがいる。日本語が通じる。先生はほっとしたようだった。

たまたま文学関係の学者が年に一度集るアメリカ文芸家協会の総会があった。K教授が関心を持ちそうなテーマについて発表、討論がある予定だ。キーンさんは先生を誘って会合に出た。

予想に反して、実に退屈な集会だった。抽象的な議論がはてしなく続いた。立った人は、みな長々としゃべった。話の内容がわかるキーンさんでさえうんざりしたのだから、ほとんどわからない先生には死の苦しみだったことと思われる。失望と疲労の色がありありと先生の顔に出ていた。ニューヨークを発(た)てば、あとは日本へ直行するのだ。かなりの年輩である先生が、人生の一大事とばかり勢いこんで出かけた外遊も、実際に外国へ来てみると、さほど楽しいこともなかった。なにしろ、しゃべれないのだし、なにを聞いてもわからないのだ。

やっと議論が終った。庭に軽食が用意してあるという。キーンさんは、腰が立たないほど疲れきっている先生をうながして会場から中庭に出た。すると、二人の目の前、目と鼻のさきの近さに、マリリン・モンローがこっちを向いて立っていた。そのときの先生の、とろけるような笑顔！

彼女は、そのころ、アーサー・ミラーと結婚していた。その会合で、ミラーがその年度の賞をもらうとかで、彼女も同席していたのだった。

日本に帰ってから、外遊の感想を求められるたびに、碩学K教授はにっこり笑った。先生の重い口からもれる返事は、いつも同じだった――「ニューヨークが一番よかった」。

K教授の人となりを知っている私に、このキーンさんの話は、微笑なしには聞けないものだった。

キーンさんは、また別の話を始めた。

『アジアの内幕』『アメリカの内幕』など、精力的な取材ときびしい批評精神で知られるジャーナリスト、ジョン・ガンサーの友人の一人に、さる高名な映画女優がいた。彼女は、極端なカメラ嫌い、人嫌いだった。銀幕の上で、その半生を何百万の観客に見られ続けてきた彼女は、だが、実生活では、人に見つかって目ひき袖ひきされるのを病的なまでにいやがっていた。

ある日、ガンサー夫妻とキーンさんは、彼女といっしょに芝居を見に行った。ブロードウェーで、演しものはスーザン・ストラスバーグが主演している『アンネの日記』だった。

幕が下りて、休憩のあいだ場内が明るくなる。彼女は、すぐに、まわりにすわっていた人々に見つかった。「いるわヨ」「どこに?」と、ささやきの波は、たちまちのうちに客席にひろがり、人々は背のびをしてのぞきこんだ。

その瞬間、当の女優は、紙ばさみほどもある芝居のプログラムをパッと開くなり自分の顔の上にのせ、椅子の背に頭をもたせて、そのまま休憩のあいだじゅうピクリとも身じろぎしなかった。

――へええ。ところで、だれですか、その女優とは？

〈はい。グレタ・ガルボです〉

その芝居はマチネーだった。幕が下りるか下りないかに、キーンさんたちはガルボを擁して劇場の出口に走った。一刻もはやくタクシーを拾って逃げないと、うろうろしていたら、たいへんなことになるからである。だが、それほど苦労して駆けだしたのに、劇場の外に出たときの異様な光景を、キーンさんは忘れることができない。

外は、まだ明るくて、人がぞろぞろと歩き、車道には車がひしめいていた。それが、ガルボの姿を見た瞬間、人も車も、魔術にでもかかったかのように、すべてが動きを停止してしまった。「……ガルボだ」と、歩いている人も運転席の人も、一人残らず息をつめ、石のように静止していた。

また別の機会に、キーンさんは、こんどはガンサー邸で、ガルボといっしょになった。

招かれたニューヨーク社交界の紳士淑女が、部屋のあちこちに、あるいは立ち、あるいはすわって、会話を楽しんでいた。アルコールのせいか葉巻の煙のせいか、ちょっとむしむししてきた。と、ガルボが手をあげてメードを呼んだ。話している女たちは沈黙し、グラスを手にした男たちも一瞬、静止した。タバコの煙も、空中に凍りついたかにみえた。

「あの窓を開けて。それから、あのカーテンを引いてちょうだい」

それだけの言葉が、神聖ガルボの口から出ると、それはまるで舞台の上で、芝居のいまやクライマックスに彼女の口をついて出るセリフのように、魔法に満ち満ちていた。ひとことひとことが、満座の客の心の底に、静かに沈む音が聞えた。

……ガルボの話は、それで終りだった。だが「窓を開けて」でよかった。もし、彼女が、そのかわりに「ニノチカ！」とでも叫んでいたら、部屋にいた人々は、一人残らず電気に打たれて卒倒したかもしれないところだった。

客間のガルボと、それを取巻く人々の状景を想像してぼんやりしている私の顔を、ふと気がつくと、キーンさんは、にやにや笑いながらのぞきこんでいた。あわててわれに戻り、私は、再び性懲（しょうこ）りもなく三島由紀夫の話を始めた。

三島文学の、まだ解明されていない謎（なぞ）の多くは、彼の日記と書簡が世に出るときに解かれるはずである。そして書簡のうち、おそらく（文学上の意味で）もっとも大切だと思われるのは、キーンさんとのあいだにとりかわされた手紙であろう。だが、それは、まだ世に出ていない。英訳でもいい、発表されれば、きっと三島文学の暗闇(くらやみ)の部分のいくつかに光を当てられることになるはずだ。

いったいどんな手紙だったのですか、と、私は尋ねてみた。

〈ぼくの記憶では、一番古い手紙は、一九五五年だったと思います。

初めて三島さんに会ったのは、その前年でした。中央公論社の嶋中さんの紹介で、東京歌舞伎座でした。ちょうど三島さんの芝居『鰯売恋曳網(いわしうりこいのひきあみ)』がかかっていました。ぼくたちが歌舞伎座の外で会って話したのを覚えています。

そのころ、ぼくは京都に住んでいましたから、それ以後しばらく、ときどきはがきをもらったように思います。だが、いま持っている手紙は、同じ年の後半になって、ぼくがニューヨークに帰ってからのものです〉

五五年一月の『新潮』に、のちに『近代能楽集』に入れられる「班女(はんじょ)」が載った。

〈ぼくは、あれを読んで、非常に感激しました。たしか当時の文芸批評は、みんな、あれをけなしていたのではなかったでしょうか。ぼくの知っているかぎり、ほめた人は一人もいなかったように思います。だが、感動したぼくは「班女」を英訳し、それを三島さんに伝えました。三島さん、たいへん喜びました。それが文通の始りだったんです〉

「班女」の英訳は、のちに雑誌『エンカウンター』に発表された。太平洋のこちらと向うでは、明らかに評価が異っていたものと思われる。この芝居がはじめて舞台に上ったのも英訳によるもので、それは東京の中央公論画廊で演じられたのだった。

〈三島さんは、ぼくの日本人の友人のなかで、だれよりも几帳面（きちょうめん）に返事を書く人でした。こんなことを言うと悪いんですが、たいていの日本人は、ひどい筆不精です。手紙などというものは、ほんとうに書く気さえあれば、十分だけ早起きしても書けるものです。ただ、三島さんだけは例外的な筆まめでした。

あの人は、こちらの手紙を受取ったのと同日か翌日には必ず返事を出しました。その几帳面さは、あの人からすぐに返事が来なければ、こちらが心配するほどのものだったんです。そんな調子でしたから、ぼくが持っているあの人の手紙は、百通以上になるでしょう〉

――どんな内容でしたか？

〈最初のうちは、そんなに深いものではありませんでした。「班女」の翻訳についてのこと、その日その日の出来事などでした。だが、あとになると、もっと複雑な内容の手紙になってきました。

けんかしたことも二、三度ありました。自分の手紙を持っていないので、どんなことだったか、いちいち正確には覚えていません。しかし、三島さんの返事を読みかえしてみると、やはりあの人のほうが正しかったなあ、と、現在のぼくは思うんです。たしかに、ぼくの考えかたのほうが、おかしかったです〉

——なにか一つ、けんかの例をあげてくれませんか。

〈はい。三島さんが、五七年の夏から冬にかけてニューヨークに滞在していたときのことは、もう話したと思います。それは、ひとことでいえば、あの人の失意の時期でした。そのあと、日本に帰ってから、三島さんはニューヨークのことを書きました。

当時のぼくは、いまとは多少違って、相当ニューヨークが好きでした。なんといっても〝わが町〟ですからね。それだから、三島さんが、「ニューヨークは腐敗した町である」と書いているのを読んで、とてもハラが立ち、さっそく抗議の手紙を書いたんです。

ニューヨークに住んでいたとき、あなたは全然そんな話をしなかったのに、なぜ日本に帰ってからひどいことを書くのか、といった内容の手紙だったように記憶しています。まあ、これは、三島さんとはまったく違う神経の持主のことですが、国務省の招待でアメリカへ行って、きっと国務省に買収されていない証拠を誇示したいためでしょうが、帰国してからアメリカのことをさんざん悪く書く人がいます。日本のそん

な知識人を、ぼくは何人も見ていたものですから、ふと三島さんも同じではないかと錯覚したものと思います〉

——それで、三島からの返事は来たのですか?

〈はい、来ました。非常にていねいな文面でした。文句を全部覚えているわけではありませんが「私の文学をよく理解してくれている人なら、腐敗しているということは、いいことだということがわかるはずだ」といった意味のことが書いてありました。それは、まったくそのとおりなのです。

手紙の中で、あの人は、個人的な心配ごとや悩みについては、いっさい書きませんでした。むしろ政治的な関心を示すようなことのほうが多かったようです。

池田内閣のころに、「日本は、このうえもなく退屈な国になってしまった。なにもない。こんな刺戟のない国はない」と書いてきました。文学についても、「最近の日本の文学にはなにもない」と、よく書いていました。もっとはっきり、ある作家の悪口、作品の悪口を書いたときもあります。それは、あくまでも文学的な立場からで、個人的な好き嫌いから出たものではありませんけれど〉

親しかった、しかしよそゆきだった——という表現は、生前の三島と交遊のあった人ほとんどの述懐だといってもいい。十五年間も、しかも翻訳を通じ、また共通の趣味を通じて彼と非常に親しかったキーンさんでさえ、個人的なことについては語りあったことがなかった。それは、手紙についてだけではない。実際に面と向って話しているときでも、二度ほどは門口まで行ったことはあったが、キーンさんも三島も、ついにお互いの心の中に踏み込むことがなかったということはすでに書いた。

親しくても遠慮があり、どんな友人と対しても無作法に法を越えることがなかった。彼の友人のほうでも、申し合わせたように、なんとなくそれをはばかるところがあった。実際、どんなに愉快に飲んでいても、午後十一時になるとそそくさと帰っていく人に……ただ自宅に帰るだけでなく、それからおそらく徹夜で仕事をするであろう人に、だれが遠慮の一かけらもなしにつきあうことができただろうか。

キーンさんと文学を論じているときには、「楯の会」の若者たちとの会話を持ち出すことはなかった。自衛隊富士学校の食堂で「楯の会」の隊員と安酒をくみかわしながら談笑しているときには、絶対に自分の文学に触れることはなかった。ときと場所に応じて、三島は、一つ一つ仮面を使い分けていたのではなかったか。そんなとき、仮面の下の三島の素顔は、いつも同じ素顔だったのだろうか。その仮面は、三島の顔の一部分であり、つまり、ときと場所に応じて異った素顔があったのではなかったか。もしそうだとすると、そんな芸当を可能にしたのは、常人では持ちえないほどの意志力があったからだといわざるをえない。キーンさんに宛てた書簡に「個人的な心配ごと、悩み」が書かれていないのは当然のことで、そのようなものがもしあったとすれば、それは顔のない三島のものであり、人と語ったり手紙を書いている三島は常に仮面をつけていたわけだから、顔のない自分のことは、話そうとしても話せなかったわけである。逆に、彼の表現は、作品も手紙も会話もひっくるめて、すべて「仮面の告白」であったといえるのではないだろうか。

　三島・キーン往復書簡には、いくつかの大きい空白がある。それは、キーンさんが日本に滞在している時期である。長いときには半年近くも、キーンさんは日本に住んでいる。そのあいだは、電話で話したり、実際に会っているわけだから、手紙はない。こうした空白を除いて計算してみると、三島は、週に一本近い割りで手紙を書いていたことになるそうだ。

　手紙は、二人とも、いつも日本語でだった。

〈三島さんとしては、英語で手紙を書くほうが、あるいは、より楽しかったかもしれません。事実、同じ外国人でもぼく以外の日本文学者に宛てたものは、いつも英語で書いていたようです。ただぼくだけには、常に日本語でした。その意味はよくわからないんですが、ぼくは、日本語のほうが好きでした。

理由はこうです。ぼくの日本語は、いうまでもないことですが、三島さんのようなりっぱな日本語じゃありません。だが、たとえこちらの表現が不十分でも、ぼくは三島さんの完全な表現のほうがほしかったんです。もし双方が英語で書けば、ぼくの表現は十分かもしれないけれど、三島さんは、きっと言いたいことを十分には書けないでしょう。三島さんの表現が完全であることのほうが大切だと思って、ぼくは日本語にあえて執着したのでした〉

実をいうと、キーンさんの日本語の手紙は、その筆者がへりくだって言うほど表現不十分なものではない。それどころか事実は逆で、和歌が出てきたり漢籍が出てきたり、ときには英詩が出てきたりで、その表現力のほうよりも受取ったほうの解釈力のほうが問題になるようなしろものである。しかも、日本語を話すよりさきといってもいいほどの時期に漢字から習い始め、そのうえ時期が戦前だったというのだから、とくにキーンさんが意識して書かないかぎりは、旧仮名づかい、当用漢字以外の字がふんだんに出てくるという、うれしい手紙である。この点では、三島は、キーンさんと手紙をとりかわす相手としてはうってつけだったといえる。

ある料理屋で何枚も色紙を出されて困ったとき、書くことにつまったキーンさんが、板前の色紙に「雍」と書いたとき、私は驚いたことがある。なかば投げやりになったとしても「ラッキョウ」を漢字で書く人に、このごろは、めったにお目にかかれないものである。

手紙をやりとりしているあいだに、キーンさんは、三島の行きづまりを感じとることはなかっただろうか。もちろん、三島のほうがそれを字にすることはなかったはずだが、行動し、死ぬほかないという気持にまで、彼が自分自身を追いつめていった気配は、あるいは行間に読みとることができたのではなかっただろうか。

〈それは、はっきりとありました。まず最後の一年間、ほとんど手紙が来ませんでした。それまでの三島さんのことを思うと、これは驚くべきことでした。

『春の雪』が単行本になって出たとき（一九六九年一月）、読んでしまってから、ぼくは長い手紙を書きました。大傑作だ、と書いたんです。

いつものぼくの習慣です。好きな作品は必ずほめましたが、きらいな作品については、なに一つ書きませんでした。よくないとか、前の作品のほうがよかったなどということは、いっさい書かなかったのです。ぼくのそんな流儀は、三島さんもよく知っているはずです。『春の雪』はよかったんです。だから、長い手紙を書いたわけです。

尋常の手紙じゃありません。書いて投函（とうかん）したのは、西インド諸島からでした。西インド諸島というところは、いうまでもなく、三島さんがあこがれてやまない太陽の国です。きっと面白い返事があるはずだと、ぼくは期待していました。それなのに、全然反応がないんです。

その年の夏、日本へ来て、三島さんに会ったときのことです。なぜ書かなかったかと理由を聞きました。「あなたが、いつまで西インド諸島にいるか、それがわからなかったから返事が出せなかった」ということでした。実にへんな言訳というほかありません。ぼくの春休みの休暇であることははっきりしています。休みが終れば、ぼくがコロンビア大学に戻っていることは、あの人もよく知っているはずなんです。

その年――つまり六九年の秋から、あの人の手紙は、非常に暗い調子のものになってきました。そのころでした。「一人の高校生が私の家にやって来て、どうしても会いたいと言い張った。忙しいからと断ったのだが」という手紙が来ました〉

このときのことは、三島自身も書いている。

断られてもひるまず、その高校生は、三時間も門のところでねばった。外出の予定を持っていた三島は、しかたなしに、「一つだけ質問に答えよう。答えたら帰ってほしい」と、条件つきで彼を招き入れた。

若者は、三島と対座し、澄んだ目で三島の目を見て、そして聞いた――「先生、いつ死にますか」。

〈三島さんは、ギョッとしたようです。手紙を読んで、ぼくも非常に驚きました。その前後から、あの人の手紙には、だんだん暗い内容のものが多くなってきました。

　ぼくが一番心配したのは、ずっとあとになってですが、『豊饒の海』とはどういう意味か、それを題名にしたのはどんな意図からかと質問して、その返事を受取ったときでした。ほら『天人五衰』の冒頭にも長い海の描写がありますね。三島さんと海とは深い関係があるでしょう。ぼくの質問も、そんなところから出たわけなんです〉

『花ざかりの森』の海、『真夏の死』の海、『潮騒』の海、あるいは『金閣寺』の舞鶴湾、『午後の曳航』の航海士が見捨てた（そして、そのために罰せられる）海の栄光……こう見てくると、三島文学の中で、「海」は、繰返し奏でられるテーマである。

そして、自決の日に完結した絶筆『天人五衰』もまた、海の長い描写から始る。

「……日が雲におほはれたので、海の色はやや険しい緑になつた。そのなかに、東から西へながながと伸びた白い筋がある。巨大な中啓のやうな形をしてゐる。そこだけ平面が捩れてゐるやうに見え、捩れてゐない要に近い部分は、中啓の黒骨の黒つぽさを以て、濃緑の平面に紛れ入つてゐる。

　日が再びあきらかになつた。海は再び白光を滑らかに宿して、南西の風の命ずるままに、無数の海驢（あしか）の背のやうな波影を、東北へ東北へと移してゐる。尽きることのないその水の群の大移動が、何ほども陸に溢（あふ）れるわけではなく、氾濫（はんらん）は遠い月の力でしつかりと制御されてゐる。

雲は鰯雲（いわしぐも）になつて、空の半ばを覆（おほ）うた。日はその雲の上方に、静かに白く破裂してゐる」

――「海驢」や「鰯雲」という動物の連想はたしかに出てくる。だが、それらはみな比喩（ひゆ）のうえのことである。海という無機質の、しかもただ茫洋（ぼうよう）とひろがっているだけの風景の描写にしては、ほとんど偏執狂的（モノメニアック）といっていいほどの観察である。信号所の二階で、主人公の透（とおる）は、望遠鏡で海に目をこらしている。三島のペンは、そのレンズを通して、海という「この無名の、この豊かな、絶対の無政府主義（アナーキー）」の描写を、執拗（しつよう）なまでに長々と綴（つづ）るのだ。

〈『豊饒の海』という題も、こんなことと関連があるんじゃないかと、ぼくは思っていたんです。海の描写にかけては、三島さんは、世界一といってもいいほどの人です。だから……と思って手紙を出したら、三島さんの返事は、実に意外なものでした。「海とはいっても、それはどこまでも月面の地名 Mare Foecunditatis で、豊饒とは名ばかり、カラカラのひろがりにすぎない。水気の全然ない海なのです」という意味の返事だったんです。

手紙を読んで、ぼくは恐ろしくなりました。もし最初から、小説を書き始める前から、そういうつもりで題をつけていたとしたら、それは三島さんの人生観を示すものにほかなりません。しかも、それは、たとえようもないほど暗いものに違いないと思って、ぼくはぞっとしたわけです。

これと同じころのあの人の手紙には、似たようなことを思わせる文章がいくつもありました。最後の手紙は、ご存じのように、三島さんが死ぬすぐ前に書かれたもので、日付は「昭和四十五年十一月」とだけ書かれてありました。亡くなったとき、机の上に残してあった手紙だそうで、翌日、ぼく宛てに投函されたものでした〉

汽車は松江に着いた。話に夢中になっていると、時間のたつのがうそのようにはやい。私たちは、キーンさんの友人、篠田一士氏に「松江に行くなら」と、あらかじめ指図されていたとおり、宍道湖をのぞむ旅館にはいった。

日が沈もうとしている。篠田氏の恩師や友人、キーンさんを歓迎しようという松江在住の人たちが集ってきて、ぜひ湖の上をモーターボートで走ろうとさそってくれた。水遊びも悪くはない。だが、ボートの用意ができる前に、バーミリオンの舌のような夕日は、みるみる水平線の向うに引込んでしまった。風が急に冷たくなった。

ボートが到着して、とにかく、まだ明るさの残る湖上を走ってみることになった。いずれ完成したあかつきには、宍道湖のながめを大きく減殺してしまうに違いない新大橋の脚組みのあいだをくぐって、私たちを乗せたボートは薄明の湖上に出た。

『豊饒の海』にも、夕暮れの描写が出てくることを、私は思い出していた。

「五時四十分。南の空高く、雲の間に半月が出てゐる。ほのかな薔薇いろの夕雲のあひだに、象牙の櫛を落したやうなこの半月は、たちまち紛れて、雲の一片と見分けがつかなくなつた」（『天人五衰』）

だが、私たちの場合には、そうそうおあつらえむきにはいかなくて、この日の宍道湖には、信号所の上の透が駿河湾の上に眺めたような月はなかった。

ひとしきり走りまわってみたが、もとより、どこといって行くあてがあるわけではない。エンジンを停めて、しばらくは波にまかせた。

湯けむりの立つ玉造温泉の方角から、かすかに三味線の音が水の上を滑ってくる。いましがた日が沈んだあたりは、一面に、八雲立つ雲の輪郭だけが残光の中に見えるのだが、それも、やがては夜の中にゆっくりと紛れこんでいく。たゆとうボートは、嫁ケ島に近づいていった。

〽関(せき)で見染めて大社で結び、すえは松江の嫁ケ島

その嫁ケ島である。

「いい枝ぶりですね」と、お世辞のうまいキーンさんが、器用に島の松をほめた。

と、突然、稲妻が宍道湖の上を水平に走った。そのあとで、夕闇は、より闇を深めて湖の上に溢れた。

津和野ストイシズム

山あいの城下町、津和野が、松江のつぎの私たちの旅先であった。駅に着くと、稲荷(いなり)神社に参詣(さんけい)する団体客が、ぞろぞろと汽車を降りた。キーンさんと私も、その人の群れにまじった。早朝に松江を出て、四時間半の距離だった。

初冬の光は、うららかに、せまい谷に満ちていた。津和野川の水は細く枯れ、ただ一カ所、橋の下に堰(せき)をつくって鯉(こい)を泳がせているところだけに、澄んだ水をたたえている。この谷の文化を育て、この谷には不相応なほどスケールの大きい人物のカタパルトになった旧藩校では、鬼ごっこをして遊ぶ子供の濃い影が中庭を区切る白壁にはねていた。

森鷗外の生地をたずねて、この津和野まで来た私たちは、そんな景物を一つ一つ見ていった。まず町立郷土館から始めた。

橋のたもとのみやげ物屋の前には人だかりがしていたが、その橋を渡って反対側の郷土館は、ありがたいことに人かげも少く、陳列室のガラスケースの中に並んだ鷗外の遺品は、やわらかな日ざしの中に沈んでいた。

見るからにゴツい鷗外愛用の硯(すずり)だった。たばこ入れがあり、九谷焼の湯のみがある。そうした遺品は、どれもこれも質素なものだが、それでいて一様に堂々としていた。大礼服。紋服。袴(はかま)。そして、わずかな勲章が、鷗外の公的生活をしのばせる。それらは、しかし、彼の文筆生活の名残りの品々と対抗して、必ずしも圧倒的な威厳を持っているわけではなかった。さりげなく置かれている一本の筆は、軍刀一ふりを凌駕(りょうが)するほどの威光を放っていた。

　鷗外の書は、決して奔放と呼ばれるような筆致ではない。だが、私のような素人(しろうと)の目にも、なにに臆(おく)するところもない堂々たる気骨の書であった。なかでも、親友が鷗外の死の床で口述を筆写した遺言の中には、鷗外の死生観がうかがわれた。

「死ハ一切ヲ打チ切ル重大事件ナリ奈何(イカ)ナル官権威力ト　雖(イヘドモ)此(コレ)ニ反抗スル事ヲ得スト信ス余ハ石見(イハミ)人森林太郎トシテ死セント欲ス」

　官権とは「軍医総監」であり、威力とは「文豪」の名声ではないのだろうか。そうすれば、これは、鷗外の自分自身の生涯に対する自己全否定といえはしないか。とすると、石見人として死にたいという意志は、もちろん単に魂魄を郷里にとどめようと願うだけのセンチメンタルなものではないはずだ。「一切ヲ打チ切ル重大事件」である死に、いままさに身を処そうという鷗外の、前向きのニヒリズム……あるいは「能動的ニヒリズム」といえるものではないのか。

鷗外は、堂々と「死」に立向っていった。遺言から、それは疑問の余地がない。色あせた写真、断簡、身のまわりの遺品の陳列などを見れば、鷗外六十一歳の生涯を貫いて、太く黒々とした線が、濃い墨で真一文字に引かれているという印象を受ける。

野放図、あるいは異常な昂揚を伴った酩酊などといったものからは、まるで縁が遠い。鷗外は、あくまでも醒めていて、きりっとした人生を生きた人格の持主であったようだ。自彊不息——常に自分を励ましてやまなかった強固な意志力は、遺品のどんな断片を見ても、はっきりわかるのだ。

質実さは、どう意地悪くかんぐってみても、わざとらしいものではなさそうである。鷗外自身の作品『鶏』の中で、さかしらな小才をきかせておろかしいほどに小さな利をかすめとる下女や別当を、寂然と見守っている主人公のそれだ。それは、あるいは、十一歳までをこの町で過しているあいだに、少年時代の森林太郎が胸いっぱいに吸っていた津和野という土地の天然自然の静寂と澄明、そして一筋の贅肉、一本の弛緩した神経をも許さないほどに緊張して幕末・維新に対応しなければならなかった津和野藩の藩風といってもいいだろうか。

それにしても、作家が創作をするときに、必ずなくてはおかしいと思う、髪をかきむしるほどの苦悶は、鷗外のどこにあったのだろう。いま、こうしてガラス越しに彼の生涯の痕跡を見ていると、『舞姫』『即興詩人』の、あるいは『うたかたの記』の、おもむくままの激情、疾風怒濤のロマンさえもが、鷗外自身によってあらかじめ計算され、ストイックなまでに青年期の中に（そして、それ以外には決してはみ出さないように）はめこまれていたものではなかったかと疑いたくなってくる。

成人した鷗外は、だが、ついに生きて郷里に戻ることはなかった。津和野を思う気持も、なくはなかったらしいが、交通の不便さなどを思って延び延びになっているうちに死を迎えたのである。ふるさとを描いた作品は、『ヰタ・セクスアリス』『サフラン』など、ごくわずかなものだ。

鷗外も人間である。石見人として死にたいという遺言の表の意味を素直に解釈して、望郷の念がさぞ切々たるものだったに違いないと忖度してみるのも、まったく誤りとはいえないと思う。それなら、なぜ、一度でもいいから津和野に戻って来て、迫る山や清らかな流れに往時茫々の感傷を結ぶことをしなかったのだろう。

それは、こうではないか。——鷗外の意志的なストイシズムは、ひょっとすると、ふつうの人間にとってはごく自然だと思われる故郷へのノスタルジアをさえ、故意に押えようとしたのではないか。「なんだバカバカしい」とつぶやいて人生を終ったと伝えられる鷗外のことである。本心では、望郷などという人間的な感情のほとばしりを、人にも言わずに蔑視していたのではないだろうか。

そんなことを思いながら、私は、なんとなく言葉少なになって資料陳列場を出た。

それから藩校「養老館」の方角に戻り、その前の清冽な堀にはねる鯉にしばらく見とれた。さらに家老邸や郡庁跡のある殿町をカトリック教会まで歩いて無人の堂内に入り、ステンドグラスから洩れるほのかな明りの中に寂然とたたずむ告解台を見た。

津和野は、明治元年の「浦上四番崩れ」で、長崎から流されてきたキリシタンを預り、そのうちの四十一人を殺した殉教鮮血の地でもある。

田中澄江「つわの野」（『群像』七二年三月号）は、いまに残るその迫害の傷痕を書いたものだが、それによると津和野での〝最後の殉教〟の地の上には二百七十年も前からの呪詛が暗い記憶のようにただよっていたという。

「吉見氏は三百二十年近くを、この津和野の領主として、栄えたが、関ケ原の戦いに、毛利氏と共に西軍に属し、敗れてのち、最後の当主である広長の自刃によって亡びた。

光琳寺は、その一族の寺であったのを、東軍の将であった坂崎出羽守(でわのかみ)の入城の日に、乙女峠に移され、明治になって、キリスト教徒の牢獄(ろうごく)として用いられたのである」

飛躍する精神を育てる土地ではない。どちらかといえば理詰めで、意志的で、おそらく冬の津和野の鉛色の空がそうであるように、人々に躍動よりは沈思をうながし、呪(のろ)いの記憶ひとつにしても、じっくりとかかえて離さない土地がらであったようだ。いま初冬の日ざしの下で見る山紫水明にも似合わない秋霜の規律で、津和野はずば抜けて意志的な、また思慮の深い人々を育ててきた。それは、あるいは、津和野の谷の長い冬のせいでもあるのだろうか。

悲恋の将、坂崎出羽守の自殺のあと、津和野を治めたのは亀井氏だが、その歴代は、あるいは段々畑を開いて食糧の自給自足をはかり、あるいは製紙業を興し、あるいは時流に遅れまいと小藩には珍しく藩校を創設するなど、非常に冷静な布石をしてきた。

幕末になると、オランダ医学や国学を意欲的に導入し、その一方では練兵場をつくって洋式兵法の訓練をし、西洋銃隊を編成したりもしている。そのころには、「養老館」の中にも、西洋銃の製造工場があったのだ。

津和野藩の末期には、防長征討令という試練があった。

「防長征討の朝命はもとより奉ぜざるをえないが、こと重大であるため、全藩士の意見を徴した。この低姿勢には目をみはらせるものがあるが、すでに家中にも物議を生じ、人心の動揺がみえていたため、もし士民の方向が誤った場合、小藩の安否があやぶまれるので先手を打ったのである。たしかに外からの銃火によって亡びるよりも、むしろ内部の不安から生じる封建制瓦解(がかい)の危機が頭をもたげるけはいがひそんでいたが、それに対する臨機の手段として、まず従来の俸禄(ほうろく)二割の『上げ米』を免じ、藩財政の内容を発表して、時勢の危急を説いて藩士の協力を求めた……」(『津和野藩』津和野歴史シリーズ刊行会)

強大な長州藩をすぐ隣にひかえているという特殊事情がある。長州と津和野とでは、その力に差がありすぎる。だから、長州征伐の朝命にも、おいそれと従うわけにはいかなかった。ガラス張りの藩財政公表、また全藩士の意見を聞くという一種のオピニオン・ポルも、こうした事情から出たものだろうが、そこには驚くほど現代的なものが感じられるのだ。

津和野は、慎重なうえにも慎重な策略で領土を保全し、激動の時期を泳ぎぬくほかなかった。藩財政の内容を公表して危機を訴えたことが決してやけっぱちの思いつきでなかった証拠に、それは上げ米の免除という減税措置と表裏一体の政策であった。あくまでも理性的な政治、実利をねらった政治である。「政治について不満があれば、遠慮なく申し出よ」という藩主の命令は、実に封建ばなれしたものだが、このような藩命は、きっと藩士たちの、同じように思慮に満ちた献策をうながしたことだろう。

底冷えのする長い山陰の冬が、津和野の人々に、長く、深く考えることを教えたのだろうか。それとも、わずか四万三千石の小藩の、目立った資源とてもない貧しさが、ここに住む人々に、耐えることと頭脳の力を活(い)かすことの利を悟らせたのだろうか。

信仰の自由を強引に圧殺しようとしたキリシタン迫害や、意地でも千姫をわがものにしようと死にもの狂いになった坂崎出羽守の激情のほとばしりは、冷静さで貫かれている津和野の歴史の中では、むしろ例外的なものである。

午前中の見物を終って、私たちは、町の割烹(かっぽう)旅館で昼食をとった。

先日は宮田輝さんがお見えになって、ほらこの部屋のこちらを枕(まくら)にしておやすみになりましたと、旅館の奥さんが鼻を高くする、ありがたい部屋で、私たちはアマダイといっしょに煮(た)きこんだ子イモの土なべに入ったのを口にする光栄に浴した。津和野もついに〝発見(ディスカバー)〟されたそうで、このごろのブームはたいへんなものだという。

「ついこのあいだ、池内淳子さんの出演でテレビ・ドラマになりましたし、有馬頼義(よりちか)先生、司馬遼太郎(りょうたろう)先生もおいでになりました」

宿の奥さんの話を聞きながら、われわれのディスカバー・ツワノも、それほど時流に遅れはしなかったですね、と、キーンさんは皮肉な微笑を浮かべた。

午後は、川に沿って鷗外旧居までの道を歩いた。堤には桜の古木が並び、川原では小春日和（びより）を浴びて弁当をひろげている一家があった。東京の多摩川べりなどでよく見かける核家族の小団欒（だんらん）ではない。親も子も孫もいて、それぞれに竹の皮に手をのばして、旺盛（おうせい）な食欲を発揮しているらしかった。ふと「草上の昼食」という言葉が浮かんだ。しかし、素材はきわめて日本的なのだが、構図も色も、マネよりはルノアールのそれであった。

鷗外の家は、彼の研究書の多くに写真版で出ているとおりの小ぢんまりしたものだが、実際にその前に立ってみると、やはり想像していたよりはずっと質素な構えである。二畳の玄関から左に折れると、三畳の部屋をへだてて少年時代の林太郎が起居していた四畳半がある。家の裏は大根とネギの畑で、実際、これが藩医の家かと驚かされるつつましさだった。

鷗外の父は、藩医とはいえ、殿様のもっとも信任厚い医師というわけではなかったのだろう。町医者も兼ねていたそうで、生計のためには兼業もやむをえなかったものと思われる。森於菟（おと）著『森鷗外』によると、利欲に恬淡（てんたん）の人であったらしく、東京へ出てからも、宿場町千住の町医として（そして、おそらく石見人トシテ）生涯を終っている。

ここ津和野の森家は、なんのぜいたくな飾りもなく、必要さえ満たせば十分といいたげな家である。父親は、長男の林太郎に自らオランダ語文典を教え、行儀作法のしつけにもきびしかったという。ストイックな遺伝は、父から子へ受継がれ、津和野の谷を覆う空の枯寂の色のように、鷗外の心を染めたのではなかったか。

キーンさんが、それについて——

〈鷗外が、もし加賀藩のような、もっと大きく、豊かな藩の出身だったら、実際に書いたのとはまるで違った文学を書いていたかもしれません。

津和野のような小藩では、鷗外が好んだ武士道的な訓練は、きっと盛んであったと思われます。ぼくたちが行ったあの藩校の中にも、弓術の稽古場がありました。日本の多くの藩の武士たちは、幕末ごろになると、ずいぶん堕落した武士道の持主だったんじゃないかと疑いたくなるんですが、あの藩校を見ると、少くとも津和野に関するかぎり、それがうそだったことがわかります。

津和野では、幕末になっても、一生懸命に武術をやっていたようです。鷗外は、そういう小藩に生まれ、藩校に通って直接に武士道的なものを呼吸し、質実の伝統を身をもって感じていたんじゃないでしょうか〉

山の上に、まるでしがみつくような形の小さい津和野城。城下町は、その下の谷間に小ぢんまりとまとまった集落である。小藩の津和野は、長州征伐の朝命と国境を接する長州藩の威嚇（いかく）に挟撃（きょうげき）され、木の葉のように揺れたに違いない。そのうえ、この町には、おそらく零落の予感のようなものがあったのではないかと思われる。廃藩置県になるとまもなく、県庁は隣国の浜田に置かれてしまったのである。防衛本能は、小藩ゆえにかえって研ぎすまされ、住民たちに質素と忍耐を教え、武を磨き、知恵にたよって生きのびるすべを教えた。小さな藩だから、それだけに藩主の目はよく行届き、むだをはぶき遊びを遠ざけるストイックな伝統は、大藩におけるよりも有効に保持されたのではなかったか。

〈ぼくも、それを感じたんです。幼いころの鷗外が受けた教育は、明らかにサムライ的な教育でした。鷗外のあの家――あの小さな家は、ちょっと驚きでした。しかも、あれは足軽の家なんかじゃありません。あれで藩医の家なんです。しかし、ああいう質素な生活をして、しかも相当に誇り高い藩の気風の中で育った人物は、あるいは鷗外が中年、晩年に書いたような作品を書くようになるかもしれないんです〉

鷗外の歴史小説宣言だといわれる『歴史其儘（そのまま）と歴史離れ』が書かれたのは、大正四年、鷗外五十四歳のときだ。

「友人中には、他人は『情』を以て物を取り扱ふのに、わたくしは『智』を以て取り扱ふと云つた人もある。しかしこれはわたくしの作品全体に渡つた事で、歴史上人物を取り扱つた作品に限つてはゐない。わたくしの作品は概して dionysisch でなくつて、apollinisch なのだ。わたくしはまだ作品を dionysisch にしようとして努力したことはない。わたくしが多少努力したことがあるとすれば、それは只観照的ならしめようとする努力のみである」

津和野の谷で楮をすいていた領民のように、手に入るかぎりの小説の素材の中から丹念に「情」を洗い流す。そして、史料のあいだにうかがわれる「自然」だけを拾い上げていく。中年から晩年にいたる鷗外の歴史小説、考証史伝は、このような主知的な態度で書かれ、玉のような堅さ、アポロン的な澄明さに結晶したのだった。

「小説か、史伝か、校勘か、生活か、紛々説くをもちゐず、ひとびとただ刮目してこの大文章を見よ」

石川淳がそう絶賛する鷗外畢生の名作『澀江抽斎』の極度に切りつめられた文体も、あるいは津和野的なものではなかったか。

〈鷗外の教育はサムライ的なもので、その基礎になるものはなんだったかといえば、それは漢学だったのです。

鷗外が『源氏物語』を読んだかどうかはわかりませんが、しかし、少くともそれを思わせるものは、なに一つありません。郷土館の中に陳列してあるのは、硬いものばかりでした。

彼の初期の作品——『舞姫』『うたかたの記』『文づかひ』には、明らかにシュトゥルム・ウント・ドラング（注、疾風怒濤。ドイツ浪漫主義文学を育てた反主知的な思想）の影響が出ています。それは、彼がドイツ留学時代に吸収したものだったのでしょう。しかし、人間というものは、根本的に変ってしまったりはできないものです。鷗外は、中年から晩年になるにつれて、だんだんサムライ的なものに本卦（ほんけ）がえりをしていったんじゃないでしょうか〉

ところで、鷗外を「神のように尊敬する」と言った三島由紀夫は、文体についても、鷗外的なものをひそかに理想としていたらしい。

「私は何よりも格式を重んじ、……冬の日の武家屋敷の玄関の式台のやうな文体を好んだのである」（『太陽と鉄』）

「私の文体はつねに軍人のやうに胸を張つてゐた。そして、背をかがめたり、身を斜めにしたり、膝（ひざ）を曲げたり、甚（はなは）だしいのは腰を振つたりしてゐる他人の文体を軽蔑（けいべつ）した」（同）

〈三島さんは、べつに『澀江抽斎』のようなものを書きたいとは思わなかったでしょうけれど、鷗外の人間像には傾倒し、自分も鷗外のような作家になりたいと思ったのでした。鷗外どおりにはいかなくても、鷗外のようにほがらかで、堂々とした作家にはなりたかったに違いありません。典型的な日本の知識人――やせて、青白い顔をした、病的なタイプになりたくはなかったのです。

しかし、あるいは、三島さんのその試みは、最初から無理なものだったかもしれないんです。三島由紀夫は森鷗外じゃないんだし、だいいち生活の背景が鷗外とはまるで違っていました。少年時代の読書ひとつをとっても、鷗外が四書五経なら三島さんは鏡花全集でありレイモン・ラディゲです。あらゆる点から考えて、あの人が、鷗外のような人間になりたいと思ったのは、まったく不思議なことでした。

自衛隊の体験入隊や「楯の会」の訓練は、三島さんにとっては非常に楽しいものでした。だが、鷗外にとって軍隊生活がそれほど楽しいものだったかどうかは疑問です。いつだったか、日清戦争のことを調べる必要があって、ぼくは鷗外の当時の日記を読んだことがあります。全然……一行も面白くありません。「××分隊ヲ××病院へ派遣セリ」といったふうな、ほんとうにそっけないものです。もっとも、ぼくの友人で鷗外崇拝者の一人に言わせると「いや、あの文章がすばらしいんだ」ということで

したがね〉

――つまり、漢文調というわけですね？

〈そうです。漢文直訳でした。なぜ、三島さんは、あれほど鷗外にあこがれたのか。それは、おそらく、鷗外の世界が、自分のそれとはまったく違うものだったからでしよう。鷗外にも鷗外の感受性があったことはいうまでもないんですが、それは三島さんの感受性とはまるっきり異質のものだったです。

だが、三島さんは、絶えず自分と異質のものにひかれていました。あの人は、自分に似たものを、かえって嫌っていたんです〉

鷗外と三島をくらべると、生れにも育ちにも、およそ共通のものはなにひとつない。津和野に来てみると、そのことが津和野の山や田や家といった物象によって、実に明瞭(めいりょう)に確認されるのだ。

三島は都会っ子だったが、そのうえに病弱で、幼いころから病的な感受性の持主だった。坂をおりてくる汚穢(おわい)屋の裸体に官能の戦慄(せんりつ)を感じ、あるときは「殺される王子」の幻影に追われた。彼が教育を受けた学習院には、みやびや貴族趣味はあったかもしれないが、それと山陰の山あいでどろくさいが敏捷(びんしょう)な防衛本能だけはしっかりと備えた小藩が経営する藩校は、あらゆる点で、反対の気風を持っていた。

学校から帰ると、三島は、女中や看護婦や祖母が近所の女の子のうちから選んでくれた三人といっしょに遊んだ。父の部屋から画集を持出し、聖セバスチャンの画像に血の奔騰を感じた。美しい肉体が破壊される夢、夭折の白昼夢は、少年期の三島にまつわりついていた。

これに反して『ヰタ・セクスアリス』に描写されている鷗外の幼時は、都会的な環境とはまったく正反対の背景の中にあった。寄宿舎の窓の外にのがれて、短刀の柄をにぎりしめながら、近づいてくる男色ハンターからおのれをまもっている少年・林太郎の姿は、美しい猿楽師を寵愛した室町時代の将軍に自分を同一化しようと願いながら『中世』を書いた十九歳の三島とは反対の極にある。

そんな三島が「鷗外のあの規矩の正しい文体で、冷たい理智で、抑へて抑へて抑へぬいた情熱で、自分をきたへてみよう」（『私の遍歴時代』）といくらつとめても、しょせんは無理であり、不自然な結果しか招来しないのではないかと思われるのだ。

鷗外旧居から橋を渡って、明治の建設者の一人、西周の家を見た。西のことは縁続きの鷗外も伝記を書いているが、洋学を学ばねばならないと決心していったん脱藩した西を、津和野藩は明治二年に再び迎え、彼がオランダ留学で得た新知識をぬかりなく吸収しているのだ。しかし、その西の家も、鷗外の家に毛の生えた程度のつつましいものだった。

それから、私たちは津和野城までの山道を登った。織部丸跡に立って、そこから見下ろす津和野の町はいかにも小さく、家々の屋根は谷の底にひしめきあっていた。ふと気がつくと、城跡の松の下のかげに立って、いなかアベックが静かに相擁している。城下町のもどかしい初恋は、いずれ気まずい別れを迎えるのだろうかと思いながら、そっとそれを盗み見している私は、どうやらそのころ大流行中の歌謡曲に骨の髄まで毒されているらしかった。

永明寺にまわったときには、早い谷間の日暮れが迫っていた。もみじの枯葉を踏んで近づいた墓石には「森林太郎墓」と六朝体の文字があるだけである。寺は吉見氏十四代、坂崎出羽守一代十六年、亀井藩十一代の菩提所でもある寺だ。堂々たる鐘楼がある。

『山椒太夫』の例の鐘楼守りは、きっとこんなところに肩をそびやかして立ったのかもしれなかった。

「そのわっぱはな、南へ急いだわ」——

厨子王の討手を追っ払っておいてからの大声の哄笑は、ここなら、津和野の谷じゅうにとどろきわたったことだろう。

松江瞥見(べっけん)

「キーンさんと話していると、たとえば、宗祇(そうぎ)からコルタサール、さらにレイモン・クノーと移り、一転して、セリーヌから斎藤緑雨へ話題がとんで、ようやく宗良親王にもどるという工合だが……」と、篠田一士氏が書いている。

それだけ転々とされれば合いづちの打ちようもない私を向うにまわしては、キーンさんも博学を披露する余地なしといったところだ。しかし、益田(ますだ)、浜田、温泉津(ゆのつ)と、ゆっくりゆっくり駅を刻み続ける裏日本の汽車旅行に、キーンさんのように話題と話法を兼備した話相手と乗りあわせたのは、このうえもなく楽しく、かつ教育的な体験だった。

津和野から松江に戻る汽車の中で、私たちは、ついさっき「森鷗外」というカミナリに打たれてきたばかりのこととて、いくらか上気ぎみで、いつのまにかひざを乗り出していた。

小堀杏奴（あんぬ）『晩年の父』に、日露戦争から凱旋（がいせん）して来た日の父、鷗外のことが、「母から聞いた話」として書かれている。

明治三十九年一月十二日、第二軍司令部が新橋駅に帰ってくる。鷗外の子供たち——於菟（おと）と茉莉（まり）——は、プラットホームに出て、帰ってきた父と握手する。鷗外の美しい後妻しげ子は、だが、人垣のうしろに立って、わずかに夫と視線をかわすことができただけである。妻なら許されるはずの晴れがましい出迎えの儀式から、彼女は姑（しゅうとめ）と折合いの悪い後妻ゆえに除外されていた。

凱旋の将兵は、車に分乗して宮中に向う。そのあと鷗外が本郷の自邸に帰ってきたのは午後三時ごろだった。祝電が届き、来客がつぎからつぎにやって来、祝宴が開かれる。しげ子と茉莉は、その場にもいなかった。鷗外の母、勝気な峰子は、嫁をそれほどにもうとんじていた。しげ子は、長女の茉莉ひとりを連れて、芝のほうに別居していたのだ。

夜がふけた。「パッパが帰ってくる」と、晴着を着てはしゃいでいた茉莉も、いつのまにか寝入ってしまった。戸締りをし、娘のそばに横になってみたが、ひとりぽっちのしげ子は、それでも夫が帰ってくるのを心待ちにして聞き耳を立てていた。しかし、深夜の町はシンとして、足音ひとつ聞えない。

本郷の森家では、客も帰り、泊っていく親戚も床についた。鷗外は、だまって玄関に出る。息子の気配に、「林や、もうおやすみ」と峰子がとがめる。が、鷗外は、そんな母の声を聞き流して一月の夜の町に出る。

午前二時を過ぎている。しげ子は、遠い足音を聞いたような気がした。耳を疑った。やっぱり足音だ。だんだん近づいてくる。とうとう家の前にとまった。

夫は、戸をどんどんとたたく。

「開けてくれ、オレだ、オレだ」

しげ子は、夢中で玄関へ走る。ふだんに変らない様子で、オーバーを脱ぎ、サーベルをはずしている夫、鷗外の姿を、彼女は不思議なものでも見るようにぼんやりと見ていた……。

真冬の夜道を、二時間もかかって妻が待つ家まで歩いた鷗外。だが、不思議なことに、彼の人間像の中には、凱旋の日の夜にこんな苦しいことをしなければならなかった心痛は、ほとんど投影されていない。その私生活が、これほど荒涼としたものだというのに、作品で見るかぎりでは、鷗外は、ふだんに変らない様子でゆうゆうとオーバーを脱ぎ、サーベルをはずしているのだ。

鷗外が、私事について書かなかった、というのではない。『澀江抽斎』のようなものの中にさえ、家庭の私事は、きわめて無雑作に投げ入れられている。

「女杏奴が病気になつた。日々官衙には通つたが、公退の時には家路を急いだ。それゆゑ人を訪問することが出来ぬので……」

このような、わずかばかりの記述と、日記の内容を、鷗外の子供たちが書いたものとつき合わせてみて、私たちははじめて鷗外の子煩悩や、その他いろいろな彼の心のうず巻いていたものにくらべると、彼の創作、日記は、どれをとってみても、ひどい（ときにはパセティックなまでの）裂け目を知ることができるのだ。鷗外の心の中にアンダーステートメントなのである。こんなことは、後年の自然主義の作家たちからは、夢にも期待できないことだ。

キーンさんにいわせると、近代日本においてもっとも知的影響力の大きい作家は漱石だが、鷗外の影響力はむしろ間接的なものだ。間接的――つまり、鷗外は、彼に続く現代の日本の作家たちをインスパイアすることによって、日本の知的世界に影響を残した、というのである。ひらたくいえば、くろうとうけのする鷗外、ということになるのだろうか。

そして、鷗外に心酔した作家の中に、三島由紀夫がいた。

〈三島さんは、森鷗外の文体そのものよりも、鷗外という小説家のイメージにひかれたのでしょう。それは、たとえば、小説家であるのに自分の悩みをちっとも人に見せないという点などではなかったかと思われます。

作家というのは、ほかの人よりも敏感で、すべてに感じやすい。そういう意味で、特殊な人間です。しかし、鷗外は、そうした感受性の特殊さを他人に見せるようなタイプの作家ではなかったでしょう〉

『私の遍歴時代』の中で、三島は、〝鷗外的な資質〟にしばしば言及している。たとえば「小説家が苦悩の代表者のやうな顔をするのは変だ」「感覚からは絶対的に袂別（べいべつ）しよう」「小説家は銀行家のやうな風体をしてゐなくてはならぬ」……。

そして、引合いに出されているのは、トーマス・マンと、それから鷗外である。

〈そうです。鷗外は、作家であると同時に現役の軍人でした。医学者でもありました。だから、苦悩の代表者のような顔をして、小説ばかり書いているわけにもいかなかったのです。

鷗外の初期の作品には、三島さんも、きっとそれほど感心しなかったことでしょう。『舞姫』は、なるほど美しいかもしれないが、それだけのことです。しかし、鷗外は、歴史小説を書き始めたころから、りっぱな態度をとり、堂々として男性的な文章を書く作家でした。

自分のプライベートな生活がしあわせであったか不幸であったか――そんなことは、自分の文学とは関係のない話だ。まして、自分の悩みのために人の前で髪をかきむしってみせたりするのは論外だ、という態度を、鷗外はとっていました。また、鷗外の写真を見た人々は、なるほどりっぱな人物だ、これこそりっぱな作家だと思ったに違いないんです。

しかし、鷗外ほど三島さんの本質からかけ離れた作家はいなかったのです。三島さん、ここでも自分からもっとも遠いものにひかれたわけです。なぜでしょうか。一つには、鷗外の文章の魅力もあったものと私は思います。漢文直訳のような文章が、三島さん、非常に好きでしたから〉

前章でも書いたが、鷗外の教養の門をひらいたのは四書五経であった。また、津和野藩校では国学も教えたが、その国学部の学則ですら、文体は漢文直訳体である。なにも鷗外にかぎったことではない。彼の世代の男たちの教養の基礎になっていたのは漢学であり、引用は主に漢籍から行われ、彼らの発想は漢文的だった。

江戸時代ならサムライになったはずの男たちが、明治にはいると、筆をとって文学を書き始めた。だが、武士のプライドは、彼らに戯作文学をもてあそぶのをいさぎよしとさせないものがあった。

〈明治十八年に出た東海散士の『佳人之奇遇』（続編は明治三十年まで書きつがれた）は、おそらく明治文学の第一作と呼ばれるべきものでしょうが、かりに日本語を知らない人でも、中国語の素養さえあれば、あれは読めるのです。それほど漢文調でした。武士が書くものは真面目なもの、そして政治的色彩の濃いものでなければなりませんでした。

外国文学を明治の日本人が翻訳したときにも、このような傾向は、作品の選択にはっきりと痕跡をとどめています。彼らが訳したのは、たとえばイギリスの宰相だったディスレリの小説のように、文学的価値という尺度から見れば、ずいぶんへんなものから手がけたのでした〉

キーンさんによれば、三島文学に鷗外の影響が出始めた時点は、正確に指摘することができるという。それは、三島の短編小説に現在形が使われるときである、ということだ。

たとえば――

「文永九年の晩夏のことである。のちに必要になるので附加へると、文永九年は西暦千二百七十二年である。

鎌倉建長寺裏の勝上ヶ岳へ、年老いた寺男と一人の少年が登つてゆく」(『海と夕焼』)

「敏子の若い良人はいつも忙しい。今夜も十時まで妻と附合つて、それから自分の車を運転して、妻を置いて、次の附合へ行つてしまふ。良人は映画俳優である」(『新聞紙』)

「増山は佐野川万菊の芸に傾倒してゐる。国文科の学生が作者部屋の人になつたのも、元はといへば万菊の舞台に魅せられたからである」(『女方』)

過去を叙述するのに、これらの三島作品の中では、いずれも現在形が使われているのだ。

これと同じことは鷗外の小説、たとえば『花子』の中でも行われている。

「広い間一ぱいに朝日が差し込んでゐる」「戸をこつこつ叩く音がする」「視線は学生から花子に移つて、そこに暫く留まつてゐる」「窓に向き合つた壁と、其両翼になつてゐる処とに本箱がある」……。

〈こうしたものは、常識的にいうと、みんな過去形になるはずの文章です。過去であるはずの描写が、なぜ現在形になっているか。それは、漢文の影響なのですね。

三島さんは、そうした鷗外の文章が非常に気に入り、自分の小説を同じような歴史

的現在で書くことにしたんです。ある年に現在形を使い始め、それからは、とうとう元に戻りませんでした〉

鷗外のインパクトは、もちろん三島の短編小説だけにとどまるものではない。たとえば、『金閣寺』は、三島自身の言葉によると、「鷗外　プラス　トーマス・マン」の文体である。三島は、では、マンのどういうところにひかれたのか？　彼自らの説明によると「マンはゲーテから、ドイツの小説に於ける汪洋(おうよう)たる会話の叙事詩的流れを引き継いでいる」という。彼が魅かれたのは、汪洋、あるいは叙事詩性といったものであったらしい。

〈鷗外にも、ドイツ文学の影響が濃い影を落していることは、言うまでもありません。だが、三島さんは、なぜ、ドイツ文学に魅力を感じたのでしょうか？　おそらく、実際に、ドイツ文学が好きだったこともあるのでしょう。だが、それだけじゃなかったと思います。

日本の文学青年の多くは、フランス文学が好きです。「たをやめぶり」ですね。三島さんは、そんな一般的な傾向に反発し、ドイツ文学のほうがずっと男性的、知的だと思ったのでしょう。三島さんは、知的であることに非常にひかれていましたから。そして、あの人が尊敬していた川端先生の作品も、また、知的なものでした〉

近・現代の先行の作家たちに与えた三島の評価は、実にきびしいものである。「日本の近代文学で、文学を真の芸術作品、真の悪、真のニヒリズムの創造にまで持って行った作家は、泉鏡花、谷崎潤一郎、川端康成などの、五指に充たない作家だけである」（『裸体と衣裳』）

三島があこがれた文体は、一面で、たとえば長々と続く観念的な会話という形をとった。つまり、ラシーヌばりの三島戯曲によく出てくるような「長い観念的な会話、パンや葡萄酒や卓上の花や人間や運命や世故や哲学や感情や意見や、あらゆるものが言ひ尽される果てしもないお喋り」（『裸体と衣裳』）である。

だが、日本的な会話——ふつう現代の日本文学作品の中に書かれている会話は、そんなものとはまったく異るものである。

それは、多くの場合、短い、ごくさりげない会話である。さりげない。しかし、その中にすべてがサジェストされている。語尾のちょっとしたひねりが、それを語る人の感情や会話がかわされているシチュエーションを、まるで稲妻のように、瞬時にして浮き上がらせる。わざとらしい会話、地の文と見まちがうような会話は下の下だ。

小説を生かすも殺すも会話しだいである。

ほんのひとことかふたことの話し言葉の中に、その人の性別、年齢をはじめ職業や境遇や内面的な感情、意識までも盛込もうとするのは、日本的な美学の伝統といってもいい。話し言葉の〝こわさ〟を知っている作家たちは、一行か二行の会話や、その間をつくるために苦しい推敲を繰返す。それと同じ努力が舞台の上で行われた場合には、ほんのちょっとしたしぐさやセリフの言回しを使って、場面の状況やら登場人物の喜怒哀楽を暗示してみせようと骨身を削った六代目菊五郎の名人芸になる。

しかし、三島は、六代目の「芸」を、はっきりと否定していた。

「私には歌舞伎を現代から遠ざけつつあるものは、むしろ六代目菊五郎の影響下にある歌舞伎役者の写実主義的要求そのものではないかと思はれる」（『裸体と衣裳』）

たとえば『坂崎出羽守』の幕が上がる。六代目の坂崎が、舞台にすわっている。ただじっと端座して、微動だにしない。観客は、いったいどうしたのかと不審に思う。六代目は、ひょっとしたら、セリフを忘れてしまったのではないか。客席がザワザワし始める。と、その瞬間、坂崎の手がつとのびて、ひざの前に置かれた湯呑みを取上げるやいなや、音をたてて茶をすする。

おそらく、千姫を娶りたいというわが願いは不首尾に終るだろうという予感。家康に待たされて待たされて、爆発寸前まできている焦躁。残り少なになった茶。冷えきってしまった茶。……そんなものを、六代目の名人芸は、茶を音高くすする瞬間に演じきったのだった。

しかし、こんな演技が、どれほどの価値があるのだろうか。この坂崎出羽守のことを、ある歌舞伎役者が「さすがでした、六代目は」と、情熱をこめて語っていたのを私は聞いたことがある。だが、彼が茶をすする音は、二階や三階の客には、聞えもしなかったのだ。舞台上のピアニストが、うしろの客席の聴衆に聞えないほどのピアニシモを奏(かな)でたとしても、それが、どれだけの芸術的価値があるというのだろうか。

文学の世界でも、洗練しぬかれた写実主義は、ごく弱々しい効果しか持ちえないのではないか。これを三島に言わせると、「われわれの小説は……結局今にいたるまで写実主義的な会話が支配的で、それが小説の骨格を細くしてゐる」ということになるのだろう。そんな技巧よりも、むしろ「尽きせぬ怒濤(どとう)のうねりのやうな、対話の無限の音楽的進行。……大きな、ゆつたりした対話は、いはば青空に浮んだ思想の雲」といったもののほうが、彼にとっては、ずっと大切なものである。

〈日本の文学に出てくる会話の多くは、わざわざ「彼が言った」「彼女が言った」と書かなくてもいいんです。読めば、それが男女どちらの話し言葉で、どんな気分でしゃべられているかまで明瞭(めいりょう)です。しかし、三島さんは、そのような会話を拒否し、人間の口から出そうもない会話を書きました。

とくに『金閣寺』の場合はそうでした。一流でもない大学の、しかもあまりできない学生が、あんな哲学的な話をするはずがないんです——少くとも、ぼくが知っている大学生の知的水準から見ますと。三島さんは、意識的にあのような会話を書きました。もし写実的な会話を書こうと思えば、あの人は、それもできたんです。しかし、そうしなかった。それはドイツ文学や鷗外の影響かもしれません〉

生前の三島と、私は一度だけ文章の話をしたことがある。「すばらしい表現が頭に浮かんだとき、ぼくは、わざとそれを使わないようにしている。それが作家のストイシズムというものであり、そうすることが文章というものだからだ」と、そのとき彼は言っていた。デリケートな会話のやりとりの中に登場人物の性格や状況を封じこめるだけのペンの技術は彼も持っていた。だが、わざとそれを避け、意図して構築的な会話をつくったに違いないというキーンさんの説には、私も賛成である。

森鷗外の生地、津和野を訪れるのに（私ひとりの事情からいえば）、こんなにいいタイミングはなかった。というのは、津和野に着く前日、私は、生まれてはじめて『澀江抽斎』をやっと通読しえたからだった。

旅行に持っていったのは、一九五一年に新潮社から出た鷗外集二冊本の下巻が一冊きりだった。その中には、乃木将軍の殉死の日に書かれたという『興津弥五右衛門の遺書』をはじめ『大塩平八郎』『細木香以』などの歴史小説が十数編収められている。どれも何度か読み、『山椒大夫』などは朗読をしたこともあるのだが、ただ一編『澀江抽斎』だけは、本を買ってから二十一年間に、何度も読みかけては投出していたものだった。

理由の一つは、旧約聖書的な退屈さだった。「市野迷庵、名を光彦、字を俊卿又子邦と云ひ、初め篔窓、後迷庵と号した。其他酔堂、不忍池漁等の別号がある」といった式の記述が長々と続く。澀江氏の墓の配列や抽斎の師の人となりの列挙が、こわい顔をして並び、小説の冒頭部にディフェンス・ラインをつくっている。それらは、わざわざ、この小説の興味を読者からブロックしているのではないかとさえ思われた。

なぜかわからないが、津和野へ行く前日、この障害物が雲散霧消してしまった。キーンさんを歓迎して松江の人たちが催してくれた宴が果て、キーンさんも床についた夜ふけに『澀江抽斎』を読み始めると、まるで磁石に吸いつけられたように、もう本を措くことができなかった。あいだに衝立があるだけだから、電燈をつけるとキーンさんを起してしまうかもしれない。旅館のうすら寒い廊下に出て、私は、薄暗い電燈の下で、寒さと興奮に身ぶるいしながら、むさぼるように読み進んだ。

作中の人物は、たちまち血や肉を持ち、立って動き始めた。

慰めといえば、たまの観劇と「うなぎ酒」くらいで、身を修め家を整えることにきびしかった抽斎がいる。それとは対照的に、放蕩ざんまいの森枳園がいる。夫の危機に、腰巻一つで懐剣をとって助けた抽斎の妻、五百がいる。抽斎の娘で、のちに長唄の師匠になった杵屋勝久の心意気がある。そんな人々が、まるで耳なし芳一が見た壇の浦の幻想の武者たちのように、目の前の廊下の薄暗がりの中で、生き生きと躍動を始めたのである。

医儒・抽斎の家系を貫くストイシズム、それに向けられている医の後輩にして作家である鷗外のなみなみならぬ憧憬にフレッシュな感動を抱いて、私は津和野へ行ったのだった。松江へ帰る汽車の中で、私は、当然、『澀江抽斎』を話題にした。

〈さきに話した『佳人之奇遇』がその一例ですが、鷗外のころには、まだ、サムライの伝統が生きていました。町人が読んで喜ぶ文学、つまり戯作と、〝ほんとうの文学〟の区別が、かなりはっきりしていました。戯作は、ただ人を笑わせるだけのものです。サムライは、まず笑わない。「武士は生涯に一度しか笑わぬ」などといわれていました。鷗外は、サムライにふさわしい文学を書こうと思ったのでしょう。しかし、ある意味では、これは矛盾する命題でした。

なぜ、鷗外は歴史小説を書いたのか。歴史そのものを、なぜ書かなかったのか、ということもあります。前者は、事件がよく整理され、文章もきれいだ、ということがあるのでしょうが、「真実だけを書く」という態度は、小説家としてはおかしいというほかないんです。

たとえば、これを英文学に移して、ディッケンズがうそを一つも書かないで、事実そのままだけで小説が書けるものか？　もちろん、そんなものは小説にはならないんです。

鷗外の文章を喜ぶような人なら、おそらく幸田露伴の文章も好きなことでしょう。ただ、いまでは、それはもう特殊なものになってしまいました。悪く言うと、露伴のものには、いろんな人物が出てきますが、そのだれもに個性がないんです。いや、露伴は、むしろ個性を避けたのかもしれません。

鷗外も、中年、晩年の文学では、それを避けるような傾向がありました。人物の行動や心理にとやかく注釈を加えるよりは、だまって読者の前に〝自然〟を見せさえすれば、抽斎のりっぱさはわかるはずだと思ったのでしょう。

しかし、私たちがふつう「小説」と言うのは、登場人物の心の底にどんな考え方があったか、なにを感じ、なにに動かされてどんな言動をとったかが書かれてあるもの

です。歴史小説では「××はこう考えた」とは書けないでしょう〉

『澀江抽斎』への熱烈なほめ言葉を期待していたのに、キーンさんのこの意見は、私のほうがあまりにも意気込みすぎていたせいか、がっかりさせる断定だった。だが、聞いてみると、キーンさんが『澀江抽斎』を読んだのは、十六年前ということである。これだけの歳月があれば、読後の感銘が色あせるのはしかたがない。それに、一方の私は、その日の未明に読了して、感激のあまりいきおいこんでいるのである。うまくかみ合わないのは、むしろ当然だった。

もっとも、『澀江抽斎』に対する冷淡な批評には、先例がないわけでもない。皮肉をこめて、鷗外のことを「大正文壇の珍物」とほめる菊池寛は、こう書いている。

「(鷗外の)伝記物は、小説ではないけれども、一種の文学として、自分のやうなものには、興味津々(しんしん)として尽きざるものがある。ただ、白魚の頭を、一生研究してゐるやうな学問のための学問、伝記のための伝記の弊がないでもないが」(『新小説』増刊『文豪鷗外森林太郎』)

津和野から松江に帰った翌日、京都へ帰る汽車が出るまでのあわただしい一時間ばかりを、私たちはラフカディオ・ハーンの旧居へ行った。ハーンの日本滞在は、松江よりも熊本、神戸、東京のほうが長いのに、彼がいつのまにか〝松江のハーン〟になっているのは不思議な現象である。

キーンさんのハーン評価は——

〈ぼくは、ハーンは、なによりも新聞記者だったと思います。記者としては最高の人でした。彼の手帳が、いまでもバージニア大学の図書館に保存されています。まだ発表されていないものですが、僕は読んだことがあるんです。その中の日本の描写はみごとです。ハーンは、実によくものを見た人でした。

ただ、ぼくにいわせると、ハーンの文学の理解は古かったですね。ジャーナリストとして、書いたものをそのまま発表したほうが、彼のためにもよかったと思います。ほんとうにあざやかな描写が、それはいっぱいあるんです。

しかし、それを小説に仕立てたり、日本の伝説の中にまぜたりすると、どうしても、文学的にしようという作為が目につくんです。

寺の山門の前に老婆が立って、なにかを売っている。それを観察して描写したハーンの記事はみごとですが、一度それを文学にしようとすると、当の老婆が東洋の知慧の象徴に擬せられたり、彼女の一生にどんな苦労があったかという考察がくっつく。そのようなものは、今日から見ると、陳腐で十九世紀的な概念にすぎないのです。

文学者としてではなく、ジャーナリストとして日本を見たハーンはすばらしかった。しかも尋常の人物ではありませんでした。たとえば『心』などは、非常に深い日本の理解です〉

ハーンの『心』には、熊本駅頭で彼が見た、印象的なできごとの描写が出てくる。熊本の警官殺しが福岡でつかまり、護送されてくる。人ごみの中に、殺された巡査の未亡人がいる。背に子供を負ぶっている。彼女は、夫殺しの犯人と向いあって立つ。護送の警部が、しみじみと幼い子に話しかける。

「坊ちゃん、これが、あなたのお父さんを殺した男ですぞ。ようくごらんなさい。見てやることが、あなたのつとめです」

子供は、つぶらな目で犯人をにらむ。とり巻いてそれを見ていた群衆も、しくしく泣き始める。犯人はひざまずき、声を上げて泣きながら許しを乞う。警部の目にも涙が光る……。

〈ハーンは、決してばかな人ではありませんでした。日本人の性格について、実に鋭い発見もしていました。戦後の日本に来たぼくが、自分で発見したと思っていたものを、ハーンが六十年前にすでに書いているのを見て、驚いたこともあります。彼がジャーナリストであることをやめ、文学的なことを書いたのは、ある意味では残念なこ

とでした〉
ハーンが発見し、キーンさんが追認した〝日本的なもの〟とは、impermanence（一時性、あるいは滅びと訳すべきか？）といったものであったらしい。しかし、年ごとに何百万という人が日本を訪れ、日本から外国に出て行き、人間と人間が恐ろしいスピードでまざりあっている世の中に、いつまで日本的な伝統が日本に特殊なものとして残りうるのだろうか。日本文学ひとつをとっても、それは、遠からず世界文学の中に埋没してしまうものではないだろうか。
〈現代の小説家で、日本の伝統をよく知っている人は、おそらく三島さんだけだったでしょう。未来の日本の作家たちは、あるいはまた日本文学の再発見のつもりで、もう一度ディスカバー・ジャパンをやるかもしれません。それは予言できないんですが、別の意味では、日本文学は、やはりもう世界文学の中に入ってしまったものです。とくに戦後になってから、日本文学がどんどん翻訳され、川端先生もノーベル賞を受賞されたんですから、日本文学は、もう昔のように孤独なものではなくなってしまいました。そういうことから来る利点も、もちろんあるでしょうけれど、純粋に〝日本的なもの〟がいくぶん薄まってきたことは、否定できないと思います〉
——そうなれば、日本のアイデンティティーは、どうなるのでしょうか。『源氏物語』を読んだことがないという作家が出てくるようになると、文学に盛られた日本の文化も変質してしまうのではありませんか。

〈それは、日本だけの現象ではないんです。いまのアメリカの若い作家が、どれくらい英文学を知っているか。はたしてシェクスピアをよく知っているか。それは疑問です。たとえシェクスピアを知っていても、自分が現在書いている文学の中に英文学の伝統を活かしているかどうかという問題もあるんです。

三島さんの場合、それができたんです。『春の雪』には、たしかに平安朝の物語の雰囲気があるでしょう。しかし、もし、安部公房さんが、いま書いているものの中に平安朝の感じを出そうと試みたら、むしろおかしいことでしょうね〉

「ユニークなコスモポリタン（国際人）」である友人、安部公房について、キーンさんは『日本との出会い』の中で「国籍やイデオロギーを超越する彼の作品の国際的な資質」を指摘している。よく知られているように、安部公房の作品の中に登場する人物は「消防団長」とか「島民A」「島民B」であり、多くの場合「女A」「女B」というところにまで抽象化されている。日本的な名前、日本的な情景が身にまとっている〝日本的なもの〟の連想、余韻などといったものは、注意深く排除されている。たとえ紅葉する秋の山が書かれていても、そこには立田川の瀬音への連想もなければ、つづら織の手ざわりをふまえた感慨もない。もみじは、バーモントの山のメープル・ツリーの紅葉と、完全に相互交換性のあるものである。

──世界の文化から截然と区切られたものとしての日本文化の伝統は、もうそろそろおしまいだ。キーンさんは、そうおっしゃるわけでしょうか?

〈少くとも、これまでのような形のものは、もうおしまいでしょう。文学だけではありません。同じようなことは、あらゆる面において指摘することができますね。たとえば、きょう汽車が益田に停ったとき、窓の外に、りっぱな丸太が何本も積んでありました。昔の日本だったら、あんなものは、とりたてて貴重でもなんでもないんです。だが、こんにちでは、たとえお寺を建てようと思っても、あれほどみごとな木を無造作に何本も使うことはできません。事実、現代のお寺の多くは、鉄筋コンクリートで建築されるようになりました。しかし、そのことをとらえて「日本文化は、もうだめになった」と断じるわけにはいかないんです。

ちょっと話が違うかもしれませんが、昔のヨーロッパでは、各国の文化の伝統は、かなりはっきりしていました。ドイツの文学者は、それほどフランスの文学作品のことを考えなくてもやっていけました。しかし、現代では、たとえばフランスのりっぱな作家が新しい小説の手法を発見すれば、一年もたたないうちに、ヨーロッパ各地で類似の手法が使われるようになります。だからといって「もうゲルマン文学は滅んだ」とはいえないかもしれないのです。

三島さんは、一つの趣味として、どうしても日本の伝統を守り、自分がそれを継承しようとしていました。三島さんのそういういきかたに、反対する理由はなにもありません。ぼくも、三島さんの意図をよく知ったうえで、あの人の文学を高く評価していました。

しかし、現代日本の作家として、三島さんのような道だけしかないとも思われないのです。ほかにも、小説の書きかたは、いろいろあるはずです。

三島さんは、日本の伝統を非常に重んじていましたけれど、たとえば農民の伝統、農民文学の伝統には、まず興味がありませんでした。そして、ここにもし農民文学の伝統を守る作家がいたとしたら、彼も、ある意味では、日本の伝統を守っているに違いないんです。また、あるいは、地方性の強い作品の伝統もあり、それはそれなりに日本的なものといえるでしょうね。

ぼくの感じでは、日本語でものを書くと、どうしても日本的な面が出てくるようです。日本語という特殊な言葉を使うと、いくら「日本」を無視しようとしてもできない、というわけです。

三島さんほど強く「日本的」な方向に進むべきかどうかは疑問ですが、逆に、安部公房さんでさえ、日本の歴史や文化の伝統から完全に逃げたいとも思っていないでしょう。ただし、安部さんの場合は、「日本人」という問題よりも「人間」という問題のほうが大切だとはいえます。彼は、いまのところ、とりわけ南米のことを書きたいとも思っていないようですが、もしそう思いさえすれば、安部さんがそうするのは決しておかしくありません。なぜなら「南米人も人間なのだから、どうして日本人が書けないわけがあるだろうか」といえるからです〉

この旅行のあいだに私が目撃したかぎりでは、松江における日本文化の伝統も、かなり変質してきている。「ダイコやい！　カブや、カブ！」と叫びながら八百屋が通ったとラフカディオ・ハーンが『日本瞥見記（べっけんき）』に書いているハーン旧居のあたりは、六十年後のきょう、ディスカバー・ジャパン族の殺伐なオートバイの音に満たされ、ダイコ売りは、おそらくたちどころに轢（ひ）き殺されるだろうと思われたのだった。

与兵衛の殺意

キーンさんと私の松江滞在は、無残きわまるカタストロフィーでしめくくられた。京都行の汽車の出る時刻を気にしながら「これだけはぜひ」と気負いこんで行ってみた〝濠端(ほりばた)の家〟のことである。

尾道へは行きそこなった。だが、松江にも志賀文学の聖地がある。キーンさんを世話してくれた松江の人々が仕立ててくださった車に乗込み、ハーン旧居を発(た)ったときから、志賀教の念仏を胸にとなえ、感激を準備していたのだが、さて実際に見たその家は、なるほど濠端にあることはあるのだが、およそ一片の詩情もない家だった。いなかの消防団の器具庫といった印象の当の家の壁にはトタン板が張られ、どんな鋭い想像力もはねかえそうという非情の構えだった。私は、うろたえて、運転をしている人が「停めましょうか？」と、親切に振返ってくれたのを、あわてて断った。

私たちは、ため息をつき、倉皇と松江駅に向った。気をとり直したキーンさんが、しきりにジョークを発して、志賀教信者の私をからかうのだが、その声が耳に入らないくらい、自分でもおかしいほどの狼狽だった。

列車が松江駅を出て、私たちは再び二人になった。曇り空で、窓の外の景色は一様に色の調子を落していた。日本海の黒い波は、永劫の反覆運動を繰返しながら、ゆっくりと憂いのリズムをかなでている。濠端の家にがっかりした私たちは、しばらくのあいだ無言だった。

そうするうちにも、裏日本の人情のこまやかさは、汽車の中で遺憾なく発揮されていた。

「ただいま通過しております××は……」

停車もしない駅についての解説が、つぎからつぎに車内にアナウンスされるのである。そして人口、土地がら、新旧とりまぜての民謡から、国鉄はついには安来節を全国にひろめたという芸者の名前まで教えてくれる。

ちょっとした町があると、そこには必ずといっていいほど、なになに節やなになに音頭があって、そのたびにアナウンスは懇切をきわめるのだから、それを聞いているほうは、いいかげん、入りもしない湯に湯疲れし、聞いたこともない民謡に疲れてしまう。観光バスの「ウグイス嬢」とかの悪しき影響なのだろうか。それとも、温泉帰りに汽車の中でマージャンをやっている団体さんにも、静かに旅行をしたい人々にも、平等にディスカバー・ジャパニズムの洗礼を授けようという、国鉄のありがたい博愛主義なのだろうか。そのくせに、城崎に停車したときには、車掌は志賀さんのシの字も放送しなかったのである。

興ざめした私たちは、せめて話題に楽しいものを選ぶことにした。芝居——それも昔の芝居を追憶することにしたのだ。

キーンさんが京都大学にいた一九五三年から二年間は、武智鉄二という鬼才の出現に支えられて、まだ上方歌舞伎の残光が、四条河原にただよっていたころだった。延二郎（いまの延若）や扇雀、鶴之助（いまの富十郎）ら、上方の若い役者を徹底的にきたえた武智演出の新鮮な歌舞伎が、京の南座をはじめ関西各地で上演されていたのは、一九四九年末から五二年に至る短い期間である。おかげでセリフが満足に言えなかった扇雀が見ちがえるような役者になり、凡庸な女形だった鶴之助が立役を演じて、しかも驚くべきことに『勧進帳』の弁慶をりっぱに演じて、目を見張らせたものだった。九団次の子で、それまでは役らしい役にもつかせてもらえなかった莚蔵が、寿海の養子になって名も雷蔵と改め、水もしたたる舞台を見せ始めたころである。

鶴之助の弁慶、扇雀の玉手御前、あるいは二人が組んだ『鳥辺山心中』、それから延二郎の俊寛、雷蔵の「妹背山」道行の求女などという傑作があった。あるいは、血のりをふんだんに使い、最後には登場人物が一人残らず死んでしまうという超残酷劇『恐怖時代』（谷崎潤一郎作）に、その夏の京都じゅうがあっけにとられたものである。いままさに消えてゆこうとする上方歌舞伎が、その末期に近く、マグネシウムのように、理解できないほどまぶしい光芒を放った、不思議な瞬間だった。

私の追憶につき合って、キーンさんは、武智歌舞伎の一つを東京で見たときのことから話し始めた。

〈鶴之助さんの『勧進帳』をはじめて見たのは日生劇場で、そのとき、ぼくは三島由紀夫さんといっしょでした。

京都では、たびたび鶴之助さんに会って話をしていましたが、とても感じのいい人でした。あのころは「扇鶴時代」といわれ、だれもが扇雀の話ばかりをしていました。扇雀さんは、映画にも出て、はでしたし、人々は「扇雀のように美しい」という表現を使いこそすれ「鶴之助のように美しい」とは言いませんでした。鶴之助さん、きっと、いろいろ苦労をしたことでしょう。だが、そんな彼が、ぼくは人間的に好きでした〉

鶴之助のこの弁慶は、おそらく昭和三十九年一月の東京初演のものだろう。このときには、雷蔵が富樫(とがし)をつき合っている。同じ公演の昼の部に、扇雀の治兵衛、鶴之助のおさん、仁左衛門の孫右衛門で『心中天網島』が出ている。

〈それまでに、ぼくは、何回も名優といわれる人の『勧進帳』を見ていたのですが、鶴之助さんの弁慶は実にみごとでした。

それは、絶対的なものでした。実際、絶対的としか言いようがありません。こうしたらいい、右手をもう少し上……などという注文は、一つもなかったのです。『勧進帳』というものは、こうでなければならない。まるで幾何学のように、解決は絶対に一つです。鶴之助さんは、『勧進帳』の、絶対にして、それ以外にはない正解を、舞台の上で実践したのでした。

決定的瞬間が成就(じょうじゅ)されたのです。すばらしい盛上がりでした。

ぼくは、泣けない人間です。どんな悲しいことがあっても涙が出ないんです。泣かねばならないときに、どうしても泣けない。そのために、これまでどれほど苦労をしたか、泣ける人には想像してもらえないでしょう。そんなぼくが、あのときは泣いたんです。

『勧進帳』よりも悲しい芝居は、いくらでもあります。それなのに、なぜ、あのときに泣いたのか。あとで、自分の気持を分析してみました。あまりにもすばらしくて泣いたのでした。人間が、あんなにすばらしいことをすることができた。人間は、そんなにえらいはずがないのに。そう思いながら泣いたんですね〉

迫力があったはずである。この『勧進帳』は、武智歌舞伎の金字塔の一つといえるものであった。武智氏が心血を注ぎ、鶴之助を関西能楽界の元老、片山九郎右衛門につけて、基本から仕込んだのである。

〈二、三年後に、同じ鶴之助さんで、再び『勧進帳』を見る機会がありました。ぼくは、実のところ、とても迷ったです。一度あんなに感激したのに、二度目には期待しすぎて、かえって幻滅するかもしれないと思いました。どうしようか、なかなか決心がつきません。やっと決意して見に行ったのですが、最初のときと同じように感激しました。彼の弁慶は、一度目とまったく同じようにすばらしかったのです〉

つぎに、私は「合邦（がっぽう）」のことを聞いた。昭和二十二年顔見世に、梅玉の玉手御前、六代目菊五郎の合邦という豪華顔合せがあって以来、『摂州合邦辻（せっしゅうがっぽうがつじ）』という芝居は、上方の観客にとっては、特別な意味を持った狂言だったからである。

〈ぼくがはじめて「合邦」を見たのは、二十九年の、たしか名古屋の御園座（みそのざ）でした。玉手御前は歌右衛門だったと記憶しています。ぼくは、玉手という女性に、とても興味を持ちました。
のちに東京教育大学で、小西甚一先生のゼミナールに出ていたとき、謡曲の『弱法師（よろぼし）』が取上げられ、あらゆる角度から論じられていました。ぼくは、弱法師＝俊徳丸と玉手御前の関係にますますひかれ、ギリシャ悲劇の『ヒッポリュトス』（エウリーピデース）と、なにかつながりがあるんじゃないかと、ひそかに考えるようになりました〉

『弱法師』は、世阿弥（ぜあみ）の長男、元雅（もとまさ）の作曲だから、足利義満のころにあたる。十四世紀末から十五世紀にかけてのものである。また『摂州合邦辻』は安永二年（一七七三年）の初演で、先行する説経節『愛護若（あいごのわか）』の影響を受けているといわれる。片や『ヒッポリュトス』は、紀元前四二八年に上演され、その後は、いろんなアダプテーションを経て、やがてラシーヌの『フェードル』に取入れられた。その『フェードル』の初演は一六七七年だ。筋の中で占める比重に軽重の差はあっても、テーマになっているのは、いずれも、義理の子に恋をする若い継母の悲劇である。近親相姦（インセスト）タブーを乗越える人間の情念のおそろしさ、愛という業のいたましさが、それぞれ主題になっている。

〈要するに、義母の横恋慕なんですね。で、ぼくは、ヨーロッパの中世文学や中国の経典といったような文献、サンスクリットからの翻訳などを調べましたが、たしかに関係があるはずだと信じるようになりました。ラシーヌが『フェードル』を書いていたちょうどそのころ、フランスからはるかに離れた日本でも「合邦辻」の先駆になるようなものが書かれていたんです。
若い男が継母に恋をされるが、彼は、それを断る。すると、女のほうは、夫に向って「あなたの息子が私に手を出した」と訴える。父親は息子を愛しているんですが、「それだけは許せない」と怒って、息子を追い出すか殺すか、とにかく非常にきびしい制裁をするわけです。洋の東西に分かれて、同じような筋書の芝居が、同じころに書かれていたのは驚くべきことです〉
『ヒッポリュトス』と『フェードル』には、一つの共通の瞬間がある、と、キーンさんは言う。
女は、義理の息子を愛することが罪であることを知っている。人の道にはずれた、神に禁じられた行為であることを承知している。だから、たとえ口が裂けても、愛情を告白することはできない。だが、理性や因習を打ち砕かずにはおかない情念の高まりは、彼女の胸の中に、怒濤（どとう）となって押寄せてくる。もう自分を押えていることは不可能だ。そんな瞬間に、彼女にかわって「愛」をはっきりと言葉で表現し、彼女の胸のうちを明るみに引張り出してしまうのは、彼女の腹心の乳母である。

乳母　なんとおっしゃいます、姫様、あなたは恋をしておいでございますの。それはまた一体どのお方に？

パイドラー　どういう方と言ってよいか、それはあのアマゾンの御子（おこ）の……。

乳母　と申しますと、ヒッポリュトス様？

パイドラー　（両手で顔を隠して、床の上へくずれ伏す）それを言ったのは婆（ばあ）やよ。私ではありませんよ。

（『ヒッポリュトス』松平千秋訳）

エノーヌ　どなたでございます？

フェードル　アマゾーヌの女が生んだあの男の人。お前も知っているあの子。ながいこと、わたしに頭を圧（おさ）えられていたあの王子。

エノーヌ　イポリート様？　まあ、なんとしたこと！

フェードル　お前の今いったその名の人。

（『フェードル』内藤濯（あろう）訳）

〈不思議なことですが、これと同じような瞬間は『摂州合邦辻』の先駆になった芝居にもあるんです。
　また、『弱法師』では、俊徳丸は天王寺の西門(さいもん)のほとりに立って、見えぬ目で西方極楽浄土を拝むのですが、そのとき「今また人の讒言(ざんげん)により不孝の罪に沈む」と言います。その「人」がだれであるか、ここでは明言されていませんが、他の文献を見れば明瞭です。それは父の妻なんです。
　継母が、父に向って、弱法師が自分に手を出そうとしたと讒言する。そうでなければ、父親が、愛する息子を追出すはずがありません。『ヒッポリュトス』と同じ伝説なのです。しかし、弱法師は、その人の名も明言もしないし、その理由も言いません。『弱法師』は、奇跡的に世阿弥の自筆本が残っています。弱法師の妻が登場したりして、いま行われているものとは少し違うのですが、弱法師が追放の理由、あるいは讒言者の名を語らないところは同じです。『摂州合邦辻』になると、かなり違う筋書になってきますが、それでも、いろんな点で、共通の要素があります。そしてウル合邦というか、『摂州合邦辻』の先駆作品になりますと、もっと似かよったものです〉
『摂州合邦辻』の玉手御前の恋は、筋からいうと、多くの歌舞伎脚本の例にもれず、お家を救わんがために苦肉の計から出た義子、俊徳丸へのいつわりの恋なのだが、いつも一段だけ独立して演じられる「合邦内の段」では、この気持を真の恋として演じることが、玉手御前を演じる役者の正しい性根とされている。

〽なおいやまさる恋の淵(ふち)、いっそ沈まばどこまでもと、跡を慕(した)うて歩行(かち)はだし、あしの浦々なにわ潟、身をつくしたる心根を……

俊徳丸に玉手が寄りそうクドキの場面だが、ここで玉手御前の恋心が観客にわからなければウソである。

「玉手御前は、俊徳丸にいつわりの恋を仕掛けるのですが、自分では気づかずに、深層心理的に真実の恋をしている。その性根をきっかりと把握してほしいと（演出の武智鉄二さんが）言わはって……玉手御前が門口で家の中へ入ろうかどうか躊躇(ちゅうちょ)するのも、俊徳丸と会ったときのことを慮(おもんぱか)るあまり。母が門口をあけると家へ入って、奥までのぞくのは俊徳丸を探す心で、それからあらためて母親の膝(ひざ)にすがって『お懐(なつか)しい』となります。

恋にわれを忘れた状態ですから、いつわりの恋と真実の恋とが輻輳(ふくそう)して……」（藤田洋編『鴈治郎の歳月』文化出版局刊）

鴈治郎の芸談の一節だが、彼は〝真の恋〟の感じを出すために「あっちからも惚(ほ)れてもろう気い」の語尾を「きい」と高く上げ、張りつめた感情の表現を試みているのだ。

〈一番大切なのは、『摂州合邦辻』という芝居が、単なるお説教として終るか、それとも悲劇に発展するかの分かれ目です。そのカギは、観客たちが、"恋する継母"に同情するかどうかにかかってきます。

もし、同情しなければ、芝居は単に「近親相姦はいけない」というお説教をする劇、禁をおかした女が身を滅ぼす勧善懲悪劇になりはててしまいます。だが、もし、観客が彼女に同情すれば、それはりっぱな悲劇になることができます。いけないこととは知っていても、自分でも押えられない愛情に駆られて義理の子に横恋慕をし、そのために死んでいく女——それだからこそ悲劇なんです。

そういう見方をすれば、『摂州合邦辻』は、非常によくできた戯曲と言うことができますね。ただ、寅の月、寅の日、寅の刻に生まれた女の生き血を俊徳丸に飲ませれば〝目病い〟が直ると、自分の肝臓を突くところは、ちょっと無理のようですがね〉

キーンさんの悲劇観は、『日本の文学』の「近松とシェークスピア——比較情死論」の中に詳しく書かれている。

「アリストテレスが、悲劇の主人公はわれわれより優れた人間でなければならないと主張したが、地位が高くなくても、人物の立派さでわれわれより優れてさえいれば、主人公としての資格が充分あるということを近松は証明した」

ここでキーンさんがあげている例は、『曾根崎心中』の徳兵衛で、彼は醬油屋の一手代にすぎないごくつまらない男だが、「此の世のなごり、夜もなごり、死に行く身をたとふれば……」の道行になると、一転して奥行きの深い悲劇の主人公になる。そして「道行までの徳兵衛はみじめであって、われわれの尊敬を買わないが、寂滅為楽を悟った徳兵衛は歩きながら背が高くなる」と指摘している。

歌舞伎の道行というものは、筋からいえば、単なる息ぬきないしは場面つなぎである。また、それだけが独立して演じられるときは、えてして装飾的な舞台、装飾的な音楽、装飾的な演技の場面にとどまっていることが多い。もちろん近松が考えていたのは人形浄瑠璃だが、その場合も、道行が物語の筋と有機的に結びつき、全体の雰囲気を変えてしまうほどすごい力を発揮することは、めったにない。だが、その道行が、『曾根崎心中』においては、平凡な芝居を崇高な悲劇に昇華するかぎをにぎっていた。それを見抜いたキーンさんの『曾根崎心中』論は、実に新鮮なものである。この芝居の成否は……いや、これが芝居になるかならないかは、あげて道行にかかっているというのだから。

『日本の文学』の巻末に解説を書いている三島由紀夫は、道行の徳兵衛が「歩きながら背が高くなる」という指摘をとらえて「キーン氏の詩的洞察によるもの」と絶賛している。

『曾根崎心中』は、いうまでもなく、戦後の歌舞伎が達し得た、一つの芸術的頂点である。しかも、宇野信夫の演出は、その他の近松ものとくらべて、もっとも近松の原作に近いものだ。これだけの名作が、二百五十年ものあいだ舞台にのせられることがなかったのは、座頭の役者が縁の下にもぐるという演技があり、それが座頭役者のプライドと両立しなかったからというのだから、ばかばかしい話である。徳兵衛の鴈治郎が、お初の扇雀の素足を喉に当てて死ぬ覚悟を示す演技、また、二人が花道にかかってからの、「あれ数ふれば暁の、七つのときが六つ鳴りて、残る一つが今生の、鐘のひびきの聞きをさめ」という浄瑠璃の哀切は、この芝居が何度演じられても、客席の嗚咽を誘わずにはおかないのだ。

『曾根崎心中』は、歌舞伎で成功したのち、文楽にも逆輸入された。私が思い出すのは、春子大夫の『曾根崎心中』である。

美声で聞えた春子大夫は『艶容女舞衣』の「酒屋」を語っている最中に、見台をにぎったままうつ伏せに倒れた。文楽の床から病院へ運ばれた彼は、ついに意識を取戻すこともなく、一週間後に心筋梗塞の再発作を起して死んだ。能役者なら能舞台で死にたいと願うだろう。春子大夫も床で倒れて本望だったと私は思いたい。倒れた日の「酒屋」は、絶品だったそうである。彼が死んだ翌日、偶然にもテレビに出たのは、彼の『曾根崎心中』だった。津大夫と並んで、次代の文楽を背負うのはこの人こそと、期待されていた春子が死んで、もう四年以上の歳月がたとうとしている。この美しくも味わい深い詩劇の演者にふさわしい壮烈な死だった。

〈徳兵衛が、つまらない男だからこそ『曾根崎心中』という芝居が面白いんです。もし、もっと男性的で決断力のある男だったら……だいいち、お初との心中もありえなかったことでしょう。徳兵衛は、ずるずるとお初に引張られるままに死んでしまう。死に向う原動力は、いつも女、お初のほうにあるんです。

西洋では、こんな不思議な芝居は、絶対にありません。徳兵衛は、ごくつまらないことで、悪友とけんかをして負ける。それも完全に負けます。まったくみじめな姿で第二幕に登場し、縁の下に入って、お初の足首にしがみつくんです。西洋の芝居では、あれほどみじめったらしい主人公は、まずないと思います。

では、それほどにもたよりない男が、なぜ悲劇の主人公になる資格を持つか。それは、道行があるからなんです。

あの道行がなければ、『曾根崎心中』という芝居もありません。死出の旅に出かける前は、徳兵衛は、醤油屋の平凡な手代にすぎません。お初も二流の女郎です。近松が、あの芝居の着想を得たという実際の心中事件でも、実際、彼らはごくつまらない一組の男女にすぎなかっただろうし、彼らの情死は詩的な心中でもなかったはずです。しかし、道行には、近松のあの名文句があるんですね。だれでもいい、お初と徳兵衛の死出の旅路に、近松が書いたようなあんな名文章が書けるなら、二人の死は、もう、ただの情死ではなくなってしまいます。お初と徳兵衛は、世界苦の代表、人間の業の代表として死に場所へ向うんです。だからこそ、二人は、歩きながら背も高くなります。そして、目ざす曾根崎の森に着いたときには、徳兵衛は、りっぱな人物です。彼は、偉大な人物として死んでいくのです〉

鴈治郎・扇雀父子の『曾根崎心中』は、初演いらい、もう五百回も上演されているが、それでいて、いまなお色あせることがない。この芝居を、キーンさんは「傑作中の大傑作」と称賛してやまないのだ。舞台のすばらしさに、じっとしていられなくなって、あの訳しにくい戯曲を翻訳したのだということだ。

徳兵衛のような、ごくしょうむない男が、一転して、壮大な悲劇の主人公になる。名狂言といわれる芝居の中には、このように、アリストテレスを顔色なからしめるような、絶対的な逆説に支えられているものが、ほかにもある。いや、それが逆説であればこそ、主人公の類型化も避けられるのだろう。

〈決断力のまったく欠けている徳兵衛にも、一つだけ、いいところがあるんです。その一つだけのいいところが、すごいところです。それは彼の愛情、死ぬことのできた愛情です。もしも、その愛情がなければ、徳兵衛は、喜劇の主人公になることはできても、悲劇の主人公にはなれないんです。『曾根崎心中』という芝居を見て、ぼくは、彼の愛情の深さを強く感じたのでした〉

京、大阪の舞台で、かつては寿海が、のちに現延若が好演した、これも同じ近松の『女殺油地獄』にも、逆説がある。放蕩無頼の主人公、河内屋与兵衛が、金に困って油屋の貞節な女房お吉を刺し殺す。その凄惨な殺し場面で有名な芝居である。

――油屋の店先。与兵衛が金の無心に来ている。お吉はくどくどと意見し、「銭もありはあっても、夫の留守に一銭も貸すことはできませぬ」と断る。せっぱつまっている与兵衛は、もう死にもの狂いである。せめて油の掛売りでも、と、くい下がる。お吉は良識の代表、世間に通用する常識の代弁者である。不良少年・与兵衛のほうは社会のドロップアウト、あるいは人間の弱さの体現者といってもよい。だが、芝居は、善が悪に勝って、しあわせな結末を迎えはしない。追いつめられて悪の奈落に落ちる決心をした与兵衛は、ひそかに短刀を抜いてお吉に迫るのである。

〈あのとき、観客は、与兵衛に同情しなければならないんです。観客の一人一人に

「自分が、いま、与兵衛の立場なら、お吉を殺すほかにすることがない」と、感じさせなければならないわけです。与兵衛を演じる役者が、その演技の力によって、観客たちにそう思わせなければ、『女殺油地獄』という芝居は失敗です。お吉は、刀を抜いた与兵衛に向って「いま死んでは、年端もいかぬ二人の子が流浪する。それがかわいい、死にともない」と、手を合わせて哀願するのです。かわいそうです。だが、それでも殺さなければならないんです。不良少年である与兵衛の、ぎりぎりにまで追込まれた心情への共感が、観客の中からわいてくるかどうか。それがあの芝居の成否の分岐点なのです〉

自暴自棄になっている与兵衛に、お吉はくどくどと訓戒を垂れる。もし金がほしいのなら、なぜ、もっと真面目に働かなかったのか。なぜ、毎日、少しずつでも貯めなかったのか。お吉の言うことは、世の通常の知恵である。生きていくために必須な道徳ともいえる。だが、そんなことは、与兵衛の耳には通じない。オレの言うことがわからないのか——彼は必死に食い下がる。「あんたの言うことは、どうもおかしい」「いままでに何度も信じて裏切られたではないか」と、お吉の反論は、あくまでも常識的である。与兵衛は、どうしても常識のカベを破らねばならない。だが、壁は厚く、彼一人の尋常の力ではびくともしない。そこまで来たとき、与兵衛は、お吉を殺さなければならないのだ。お吉を殺す以外に、もう、なにもすることがない！

この逆説的な転回は、『金閣寺』について、キーンさんが言っていたことを思い出させる。「油地獄」の与兵衛は、お吉という〝善〟を殺したが、『金閣寺』の中では、溝口というドロップアウトは、どうしても金閣寺という〝美〟を破壊しなければならないという、せっぱつまった心理に追込まれる。かけがえのない文化財を焼いた凶悪犯人。だが、小説を読み終ったとき、読者は、そんな溝口に、ぬきさしできないほどの共鳴を感じるのである。「やはり、金閣寺は、焼かれねばならなかった」と。

〈『金閣寺』を書いていたとき、三島さんはぼくに「金閣寺へ行ってきた」と言いました。しかし、どんな小説にするかについては、なにも言わなかったのです。ぼくは勝手な想像をめぐらしました。おそらく、頭のおかしい坊さんが金閣寺を焼いてしまった実話に基づいて、写実的に書くだろうと考えていたのでした。ところができ上がった小説を読んだら、全然違っていました。三島さんの意図は、事実を述べることではなく、もっともっと複雑な人間の心理をえぐり出すことでした。

金閣炎上のニュースをアメリカの新聞で読んだとき、ぼくは、ほんとうに腹が立ったんです。法隆寺の壁画が焼けたときと同じです。焼いた坊さんの心理などには、あまり関心がありませんでした。五百年もの昔から残り、恐ろしい戦争のあいだも戦火に会わなかった美しいものを焼くとはどういうことか。自分の意志で金閣を焼いた男は大悪人に違いない。そう思っていたんです。しかし、その事件を素材にした三島さんの小説を読んでしまうと、もちろん小説という虚構の世界の中においてですが、「やっぱり溝口は金閣を焼かねばならなかった」と感じたのでした。

三島さん、『金閣寺』が出て、評判になってから、ときどきそれについて、ぼくに語ったんですけれど、あの作品は、ある意味では、三島さんに密接な関係がある小説だった、と言うんです。もちろん、三島さんと溝口のあいだには、なに一つ似通ったところはないのだし、背景もまったく違います。だが、三島さんの体験は、あの作品の中のいろんなところに入っているそうです。「他人は信じないだろうけれど、実は私にあったことだ」と、あの人は言いました。

ぼくの想像ですが、溝口が女と性的関係を持とうとしたとき、自分と女のあいだに、金閣寺という絶対的な美が入ってきて、その関係を不可能にさせる場面がありますね。三島さんは、具体的にどういう経験だったか言わなかったし、ぼくも聞きもしませんでしたが、あの人はたしかに「自分にもそんな経験があった」と言ったんです。

しかし、そんなことよりも、『金閣寺』という、三島さんのおそらく一番の傑作の成功のかぎは、読者を溝口の心理に誘い込み、金閣はどうしても焼かれねばならなかったと共感させる、それだけの説得力を、あの小説が備えていたことでした〉

お吉は殺されねばならなかった。金閣は焼かれねばならなかった。どの場合でも、悪人の犯す凶行を転じて崇高な人間の行為にまで高めているのは、あえて虚構の中の逆説に賭けた作者の人間への深い理解によるものではないのだろうか。そして、玉手御前もまた、インセストのタブーをおかして俊徳丸を恋しなければならなかったのである。

『金閣寺』は不利な小説である。日本人ならだれでも、最後に金閣寺が焼かれることを知っている。筋の興味は、あらかじめ消されている。それでも、あれは傑作になった。

気がつくと、私は一人で考えごとをしていて、キーンさんは口をつぐんでいた。私は、また三島のことを考えていた。死んで、その死にかたのゆえに「狂気」だとののしられた三島。しかし、溝口が金閣寺を焼かねばならなかったように、あるいは与兵衛がお吉を殺さねばならなかったように、あのときの三島は、死ぬほかにもうすることがなかったのではないか。かぎは、それまでの過程である。死に至った三島の行動に共感することができるかどうかによって、彼の死を悲劇と見ることもできるし、茶番劇と断じ去ることもできるのではないだろうか、解釈の分かれ道になるのは、芝居の筋の中の絶対的な矛盾を認めるかどうかではないのか。

なんとか節、なんとか音頭のアナウンスは、いつのまにか終っていた。汽車は大阪に近づいている。奈良で始った私たちの旅も、ようやく終りに近づこうとしている。三島を語り、鷗外を語り、近松を語って倦(う)むことのないキーンさんの話術にも、しばしの別れを告げねばならない。宝塚に近づいて、急に都会的なざわめきを見せ始めた沿線の景色に、私は惜別の長恨を託した。

暮れがたの蓬萊峡(ほうらいきょう)は、つかのまの窓の外。列車が塚口の森永工場のそばを通ったとき、私は、ふとビスケットの香をかいだ。

あとがき

三島由紀夫さんが自決したとき、私はニューヨークにいた。東京と十三時間の時差があるニューヨークは前日の夜で、私は永井道雄さんと芝居見物に行っていた。そして、自宅に帰り着いてまもなく、電話のベルが鳴った。それは日本の新聞社の特派員で、まず事件の経過を述べたあと、当然のこととして、私の〝感想〟を聞いた。動転のあまり筋の通ったことなどしゃべれるはずがなかった。くちびるが勝手に動いて哀悼と恐怖の言葉を発しているあいだ、私の心は最後に三島さんと会ったときのこと、そしてそれまでに何百回となく会っていたときのことを回想していた。

東京の新聞や週刊誌がニューヨークに着くのを待ち兼ねて、永井さんと私は朝日新聞支局へ行き、三島事件の報道に読みふけった。自衛隊員への三島さんの演説や切腹は、まるで恐ろしい呪縛（じゅばく）のようだった。もっと詳しく、もっと詳しくと、私はむさぼるように読んだ。親しかった友の、しかも言葉で形容できないほどの死にざまに打ちのめされていたときに、初めて徳岡孝夫という名を知ったのは皮肉だった。彼の名は、いまでは、私の心の中で、はてしのない、そしてはてしもないほど楽しい会話と結びついてしまっているのだから。

不謹慎ないいかただと叱られるかもしれない。しかし、一人の友の死が、神秘な力によって、もう一つの新しい友情のきっかけをつくったように思えるのである。徳岡さんは、きっとそんなことを考えたことはなかっただろう。そんなふうに考えることに、彼は非常な嫌悪感を抱くに違いない。だが、もし三島さんが徳岡さんに檄文の写しを渡していなかったら、私が彼の名を知ることもなかっただろうし、三島さんの最後の小説に秘められたかぎを求めて、私たちがいっしょに旅行をするという機会もめぐって来はしなかっただろう。それは事実なのである。

記録にとどめておきたいのだが、最初の出会いの前に私たちが電話でかわした会話は、もう絶対に徳岡さんという人には会うまいと私に思わせたほどいやなものだった。彼は英語を使って、『豊饒の海』に登場する場面を見るため奈良へ行きたいという計画を手短かに語ったのだった。徳岡さんは英語を上手にしゃべったし、彼が英語で私に話しかけて悪いという理由はどこにもないのだが、日本語の学者としての私のプライドが傷つけられたわけである。へんな言い草かもしれないが、実に多くの人が私は日本語がわからないと決めてかかり、研究を助けてやろうなどと手紙で申し出てくるので、いちいち日本語は完全に理解しているのだということを説明しなければならない手間に、私は飽き飽きしてしまっていたのだ。あとで誤りとわかったのだが、そのときは本能的に徳岡さんも同じ迷妄のとりこになっているのだと察した私は、自分が日本語をしゃべれることを証明するために、彼の抗議を無視して、私のアパートへの道順を、断固として日本語で説明したのだった。まるで何事も起らなかったかのように、彼は英語で返事をした。当日、私は銀行へ行く用事があったのだが、約束の時刻にひどく遅れるようなことがあってくれたらありがたいが、とさえ考えた。

徳岡さんに一日会うと、彼が会話のパートナーとして、世界じゅうでもっとも気楽な、そして楽しい相手の一人であるということが、じきにわかった。彼はついに屈服して日本語を話し始めたが、その日本語というのが関西弁であった。京都に長らく住んだことのある私は、関西弁が大好きだったし、彼もまた私が関西の友人とよくやる言葉の遊びや逆説が大好きだった。十分間も話したか話さないうちに、私は本能的に（そして、こんどはおそらく正確に）、こんな人物といっしょなら、奈良はいわずもがな川崎へでも、四日市、尼崎へでも旅行するのは楽しかろうと考えるに至った。

その後、奈良、倉敷、松江、津和野をまわって京都に帰った旅行のあいだ、私の記憶によると、私たちは一刻として沈黙に陥ったことはなかった。会話を録音するため、彼は何本ものカセット・テープを持って来ていたが、最後には、はじめのほうの会話を消してしまわねばならなかったのではないだろうか。彼もまた私たちがあんなにしゃべるとは予想もしなかったはずだ。松江から京都に向う汽車の車中に至っては、彼は前夜よく眠れなかったからここで寝るつもりだと宣言したにもかかわらず、私は二こと三こと話す誘惑に打ち勝てず、すると、たちまちそれからの七時間を、私たちは休みもなしに話しこんでしまったのだった。

私たちは、なにを話したのだろうか？ 会話の大部分は、もちろん、この本の中に書かれてい、彼の文章の力によってより高級で、よりよいものにされている。しかし、よい新聞記者の例に洩れず、彼自らは背景に退き、私の発言だけにスポットライトを当てようとしているようである。また、旅行を描写するに当って、彼は本のテーマに直接の関係がない自分自身の行動や折りにふれて口にしたことなどを、ほとんど省略してしまっている。もし私が同じ旅行のことを書いていたら、もう少し違ったものになっていたことだろう。彼が書いたものに不満だというのではない。事実、この旅行のことが『サンデー毎日』に連載されているあいだ、徳岡さんは毎週ゲラをニューヨークの私のところへ送り、それから電話をかけてきて、悪い個所があるかどうかをチェックしたのだ。この本と、私自身の書かれざる旅行記との違いは、主としてここに書かれていないことにある。彼は、常に、些事(さじ)だと思うことの大部分を字にしていない。しかし、私なら、テーマには直接関連がなかったかもしれないが楽しかった経験のいくつかを、きっと書かずにはいられなかったことだろう。

一例を挙げよう。彼は、私たちが会った人のことをあまり書いていないが、私ならもっとそれを書いたはずだ。私たちがいっしょに過したわずか数日のあいだに、彼は、私の年来の友人の何人かより以上に私を理解し、私について正確に書くことができた。だから、彼が人間に関心を持っていないはずがないことはわかる。だが、たとえば、奈良で私たちを歓迎してくれた私の友人、倉敷で案内役をつとめてくれたひと、あるいは松江で私たちのホストになってくれた篠田一士氏の友人たちのことについて、彼はなにも書いていない。倉敷の小さい料理屋で私たちが口にしたすばらしい（そして非常に高価な）料理のこと、そこの主人がカニを仕入れるのにどんな苦労をするかを物語ったときのこと……そんなものも書かれていない。どうも、私の関心は、徳岡さん以上に文学から逸脱するくせがあるようだ。

旅行の中で、私にとってもっとも思い出深かったのは松江での一夜である。松江に着くとすぐ、私たちは、篠田さんの旧師や友人たちが、宍道湖の夕景を見るためにボートを用意しておいてくれたのを知った。曇り空でもあったので、落日の景観に多きを望むことはできなかったが、ともかくもモーターボートに乗込んだ。こうした歓迎をしてくれた人たちの親切心に私はもちろん感謝していたので、みるみる暗くなりゆく湖上を走りながら、あたりの景観にふさわしいようなほめ言葉を述べた。同時に、その晩は色紙になにか書かねばならなくなりそうな予感がしたので、私はそっと指を折って、俳句になりそうな音節をひねり出したのだった。ボートのうしろにすわった徳岡さんは、そうしたあいだも妙にだまりこくっていたが、私がふと振返ってみると、彼は私たちの湖上漫走について漢詩をつくっていた。しかし、思いがけない彼の趣味に驚いた私が、その詩をほしいと申し出たところ、彼は、自分のことがなにかほめられたときのくせを発揮して「ダメです」と宣言し、渡すのを拒否したのである。

その夜の旅館で、私たちは松江についての話をどっさり聞いた。料理と、そしてとくに酒も、どっさり出てきた。私のカンはピタリと当って、やがて色紙も出てきた。こうして私が首尾よく高級な趣味を披露し終ると、徳岡さんも負けじとばかり、登場人物それぞれの声色を使って『鳥辺山心中』の一くだりを演じてみせた。私も狂言で対抗したが、彼ほどうまくやれたかどうか。

そのうちに、話題は京都大学のことになった。だれかが徳岡さんに旧制三高の寮歌を歌うようにとすすめた。だが、彼はきちんとすわり直して、これ以上もうひとことでも母校のことを口にしたら泣いてしまうに違いないと言って断った。それも面白かろうと思った私はしきりにそそのかしたのだが、彼はうまいぐあいに私の挑発をかわしてしまった。そのころには、私たちはもう酔っ払っていて、私はじきに寝てしまい、宍道湖の上ですごいカミナリが鳴ったのも知らなかった。ところが、のちに徳岡さんの原稿を読んで知ったのだが、彼のほうはそれから、明るい電燈をつけて私を起してしまってはいけないからと、宿の廊下に出て、その夜を『澀江抽斎』を読んで過したのだった。私は感心した。日本には、まだサムライが残っている！

あくる朝、津和野へ行く汽車にまにあうよう私たちは六時に起きた。私の頭はぼんやりしていたが、徳岡さんのほうは、いつものように快活でキビキビしていた。以上書いてきたような彼の性格は（この本の中では、彼自身は、自分のことに言及しない新聞記者らしく押隠しているのだが）、読者にもいくぶんは察しられたことと思う。三島さんが、最後の、そしてもっとも問題の文書をなぜこのような人物に託したかを、私は容易に了解することができる。徳岡さんは、三島さんのかつての友人の多くとは異り、自分が彼の心の友であったことを否定している。彼は、三島さんの作品をほめるが、それ以上に、彼の言葉によれば、「いいヤツでした」と三島さんのことを回想するのだ。私は、この同じ言葉を現在形に改めて、そのまま徳岡さんに対して用いようと思う。

――「いいヤツです」

ドナルド・キーン

文庫版あとがき

十年に余る歳月を経た今日でもなお、あの澄明なまでに晴れ渡った十一月二十五日の情景は、私の網膜に焼き付いたままである。日の出前の一刻、黒光りに映える相模灘に向かって立った『奔馬』の飯沼勲そっくりの姿で、あの日、三島由紀夫は自衛隊東部方面総監部のバルコニーに突っ立っていた。潮風の代りに、彼の最も愛した自衛隊員たちが、しきりに野次のしぶきを楼上の人に浴びせた。

最後に受け取った手紙の一節「傍目にはいかに狂気の沙汰に見えようとも」云々（まえがき参照）は、いまでも受け手である私の胸を圧している。

キーン氏の驥尾に付して南都に円照寺を訪ねたのは、私なりに追善の旅であり、三島文学が完結した土地への巡礼だった。この旅が縁になって、私ははからずもキーン氏の『日本文学史』の訳者となり、さらに深く、三島の心を領していた文学の中へと実は長い長い旅の第一歩だったのである。

徳岡孝夫

　誘われていった。旅は、まだ続いている。あのころは一度きりと思ったこの紀行は、

　当時『サンデー毎日』の次長をしていた徳岡孝夫さんから、一緒に奈良へ行って、『豊饒の海』の最終場面である円照寺を見ないかという誘いがあった時、その旅行は私が期待していたものかどうかよく分らなかった。が、列車の中で三島さんについて話している中に、だんだん一種の解放感のようなものが湧いてきた。

　倉敷、松江、津和野へ行ったのは偶然であり、目的地より道程の方が大切だったと思う。旅行中、徳岡さんとずっと話した記憶があるが、十年たった今でも話の種はなくなりそうもない。

　「悼友」の旅行に出掛けてから、既に十年の歳月が流れてしまった。現在でも三島由紀夫さんのことをよく思い出すことは言うまでもないが、あのころは、自決のいきさつがまだ記憶になまなましく、どうしても誰かとゆっくり話して、いくらか自分の複雑な気持を整理したいと思っていた。

ドナルド・キーン

Photo © Shinchosha

徳岡 孝夫
とくおか・たかお

一九三〇年大阪生れ。京都大学文学部英文科卒。フルブライト奨学生として米シラキュース大学新聞学部大学院に留学。毎日新聞社社会部、『サンデー毎日』、『英文毎日』の各記者のほか、バンコク特派員やニューヨーク・タイムズのコラムニストなどを務める。一九八六年に菊池寛賞、一九九一年に『横浜・山手の出来事』で日本推理作家協会賞、一九九七年に『五衰の人—三島由紀夫私記』で新潮学芸賞をそれぞれ受賞。著書に『妻の肖像』『「民主主義」を疑え!』、訳書に『第三の波』(A・トフラー)『日本文学史』(D・キーン)など。

Photo © Shinchosha

ドナルド・キーン
Donald Lawrence Keene

一九二二―二〇一九。ニューヨーク生れ。日本文学の研究、海外への紹介などの功績によって一九六二年に菊池寛賞、一九八三年に山片蟠桃賞、一九八五年に『百代の過客』で読売文学賞と日本文学大賞、一九九〇年に全米文芸評論家賞をそれぞれ受賞。一九九三年、勲二等旭日重光章を受章。二〇〇二年には『明治天皇』で毎日出版文化賞を受賞し、文化功労者に選ばれる。二〇〇八年、文化勲章を受章。東日本大震災を機に日本永住の意志を固め、二〇一二年に日本国籍を取得。著書に『日本文学史』『日本人の美意識』『日本の作家』など多数。

この作品は昭和五十六年十月中央公論社より刊行された。
文庫化に際し改題した。

三島由紀夫を巡る旅

悼友紀行

新潮文庫　き－30－6

令和二年三月一日発行

著者　徳岡孝夫　ドナルド・キーン

発行者　佐藤隆信

発行所　株式会社新潮社

郵便番号　一六二―八七一一
東京都新宿区矢来町七一
電話　編集部(〇三)三二六六―五四四〇
読者係(〇三)三二六六―五一一一
https://www.shinchosha.co.jp

価格はカバーに表示してあります。

乱丁・落丁本は、ご面倒ですが小社読者係宛ご送付ください。送料小社負担にてお取替えいたします。

印刷・錦明印刷株式会社　製本・錦明印刷株式会社

ISBN978-4-10-131356-6 C0195